ZWEI PRAGER GESCHICHTEN

RAINER MARIA RILKE

Edition : Culturea (Hérault, 34)
Contact : infos@culturea.fr
Retrouvez notre catalogue sur http://culturea.fr
Imprimé en Allemagne par Books on Demand
Design typographique : Derek Murphy
Layout : Reedsy (https://reedsy.com/)
ISBN : 9791041818402
Dépôt légal : Juin 2023

König Bohusch.

Als der große Mime Norinski um drei Uhr nachmittags in das National-Café, welches vor dem Prager tschechischen Theater liegt, eintrat, erschrak er ein wenig, lächelte aber gleich darauf sein verächtlichstes Lächeln: in dem Spiegel, schräg gegenüber der Thür, hatte sich irgend eine entfernte Ecke des Saales gefangen, und er hatte drinnen eine schiefe Marmorsäule und unter dieser Säule einen kleinen, buckligen Mann erkannt, dessen seltsame Augen dem Eintretenden wie lauernd aus einem unförmigen Kopfe entgegenstarrten. Das Fremde dieses Blickes, in dessen Tiefen irgend ein unerhörtes Geschehen sich dunkel zu spiegeln schien, hatte ihn einen Augenblick in Schrecken versetzt. Nicht etwan weil er besonders furchtsamer Natur gewesen wäre, sondern infolge des profunden und versonnenen Wesens, welches so großen Künstlern meistens eignet, und durch dessen Wall sich jedes Ereignisgleichsam durchbohren muß. Dem Original gegenüber empfand Norinski nichts ähnliches. Er übersah den Verwachsenen sogar eine ganze Weile, während er mit unnötiger Wichtigkeit den andern am Stammtisch die Hand reichte. Die Händedrücke nahmen eine ziemliche Zeit in Anspruch, denn jeder hatte gleichsam 3 Akte. 1. Akt: Zögernd folgt die Hand des Schauspielers dem Flehen der entgegengestreckten Hände. 2. Akt: Seine Hand spricht nachdrücklich zu der, welche sie umfaßt: Merkst du auch die Bedeutung dieses Moments? 3. Akt und Katastrophe, wobei Norinski jede Hand verächtlich loslies, fortwarf: Oh du Erbärmlicher, das kannst du ja gar nicht merken . . . Diese Erbärmlichen waren diesmal: Karás, der lange blasse Kritiker des »Tschas«, ausgezeichnet durch einen überaus langen Hals und – wie ein boshafter jüdischer Kollege mal behauptet hatte – einen überaus höflichen »Adamsapfel«, welcher jeden Tropfen durch die Einsamkeit der Kehle bis an den Kragenrand, wo er sich nicht mehr verirren konnte, begleitete und von dort diensteifrig auf seinen Posten zurückschnellte, Schileder, der schöne Maler, der so traurige Dinge malte, der Novellist Pátek, der Lyriker Machal, der Student Rezek, der etwas abseits saß, aus einem großen Stammglas heißen Tschaj mit viel Cognac trank und schwieg. Endlich schien Norinski auch den Buckligen zu bemerken. Er lachte: »König Bohusch!« und streckte mit ironischem »Majestät« die Hand über den Marmortisch. Der Kleine fuhr auf und schickte ihm, um die Mimenhand nicht warten zu lassen, überhastig seine gelben unreifen Finger entgegen, so daß sich die beiden Hände, wie Vögel in der Luft haschten. Dem Bohusch kam das ziemlich drollig vor, und er ließ ein zitterndes zerbrochenes Lachen hören, das er ängstlich unterbrach, als er bemerkte, wie die Blatternarben auf Norinskis Stirne sich unter ärgerlichen Falten versteckten. Der Mime murmelte etwas, gab die Jagd auf und sagte in schlechter Laune zu Karás:

»Ihr schreibt auch einen Kohl, mein Lieber. Aber das sag' ich dir, ich spiele meinen Hamlet das nächstemal just so, wie gestern. Ich spiele ebenm einen. Verstehst du, Liebster?«

Karás schluckte irgendwas hinunter und sagte etwas von der Auffassung, die andere bekundet hätten, Bedeutende; er möchte nur Kainz nennen oder – der Student Rezek trank heftig sein Glas aus und Norinski sagte erregt:

»Liebster, was geht mich ein deutscher Hamlet an. Du wirst doch nicht etwan behaupten wollen, wir dürften nicht auch unsere Meinung haben? Ist der Shakespeare ein Deutscher? Nun, was gehn uns also die Deutschen dabei an? Ich nehme meine Auffassung sozusagen direkt aus dem Englischen.«

»Das einzig richtige,« sanktionierte Pátek und strich den spitzen Modebart mit gepflegten Fingern.

»Dein Kostüm übrigens, ich meine vom malerischen Standpunkt –« besänftigte der schöne Maler, und rasch wandte sich ihm Norinski zu. »Ja,« gähnte er so ganz obenhin, und dann mit herablassender Gönnerstimme: »Was macht denn Ihr Schauspiel, Machal?«

Der Lyriker schaute eine Weile schweigend in sein Absinthglas und erwiderte leise und kummervoll: »Es ist Frühling«.

Alle erwarteten noch etwas, aber der Dichter schien schon wieder unterwegs nach dem blassen Garten seiner Träume. Er sah sein Absinthglas wachsen und wachsen, bis er selbst sich mitten drin fühlte in dem opalnen Licht, ganz leicht, ganz gelöst in dieser seltsamen Atmosphäre. Nur Schileder hatte das gewaltige Wort ernst hingenommen. Es lag über ihm, so dicht, daß er auch nicht mit den Wimpern hätte zucken mögen. In seinem Tiefsten dachte er: Gott, das trifft jeder. Hat er denn etwas besonderes gesagt? Das kann ich auch: es ist . . . Er kam nicht zu Ende damit. Alle lachten und Schileder atmete auf, als er an den Mienen der anderen sah, daß der Ausspruch doch nicht so gewichtig gewesen sein mochte. Karás wandte sich an den Lyriker: »Das heißt, es blüht dein Stück. Hm?«

Da sagte Machal seiner Muse mit einer Verbeugung: »Entschuldigen Sie –« und kam ungern zurück aus der opalnen Welt; aber das Mißverständnis war auch zu arg: »Nein,« betonte er, »das heißt, ich bin zu traurig jetzt. Das heißt, es ist jetzt die Zeit, wo die Natur alles Werden mißversteht, das heißt, daß ich müde bin – müde dieses wunden Keimens.«

»Aber verzeih,« der Novellist tippte ihn mit dem modegelben Handschuh auf die Schulter, »das mag ja sein, aber das ist doch nicht Frühling.«

Und der Maler dachte: nein, das ist nicht Frühling.

»Im wunderschönen Monat Mai,« deklamierte der Mime.

»Einst,« hauchte der Dichter und machte eine Bewegung mit der Hand, mit welcher er dieses Einst noch weiter zurückdrängte, »einst war das vielleicht so, wie es in alten Gedichten steht – der Frühling: ›Licht und Liebe und Leben‹. Wer das noch glaubt, belügt sich.« Er seufzte tief.

Wie schade, dachte der Maler, also kein Frühling mehr.

Machal aber erhob sein Gesicht, das durch große Sommerflecken entstellt war, hoch in das klare Nachmittagslicht und konnte durch das Fenster gerade die Rampe des Nationaltheaters sehen, längs welcher ein Schutzmann auf und nieder ging. Das wollte er nun gerade niemandem zeigen, allein er sagte gleichwohl:

»Schaut nur hinaus. Dieser Kampf mit den blöden brachen Schollen, den jeder der feinen schwachen Keime kämpfen muß, um zu seinem Sommer zu kommen. Hier,« und er schraubte sich noch ein wenig höher – »steht die hilflose Blüte und will blühen; das ist das einzige, was sie kann, sie kann nur blühen und sie will wirklich niemanden stören damit, und doch sind alle gegen sie: die schwarzen Krumen, die sie nur nach langem Bitten durchlassen, die Tage, die wahllos Wärme und Regen und Wind auf sie herabstreuen und die Nächte, die sich langsam an sie heranschleichen, um sie zu würgen mit ihren eisigen Fingern. Dieser feige traurige Kampf, das ist der Frühling.« Machal fröstelte; seine Augen starben. »König Bohusch« sah ihn ganz starr an. Das war etwas sehr Ungerechtes, was der Dichter sagte, schien ihm, und er hatte vieles dagegen im Sinn. Es drängte ihn aufzustehen und hochragend und heiter den Frühling zu verteidigen, der dennoch voll Sieg und Sonne war. Ihm stiegen so viele schöne Gedanken in den Kopf, daß ihm die Wangen ganz warm wurden und er eine Sekunde das Atmen vergaß. Aber ach, was hätte es genützt, aufzustehen; sie hätten es kaum bemerkt, denn Bohusch sah, auf der hohen Samtbank sitzend, fast größer aus als wenn er stand. Auch seine Stimme hätte kaum bis zu Norinski hinüber fliegen können; bei solchen Entfernungen wurde sie schon ungewiß und flatterte wie ein angeschossener Vogel. Das wußte Bohusch. Und so schwieg er, preßte die Lippen, die wie aus Holz geschnitzt waren, eng aneinander und begann, wie oft als Kind, still für sich mit den vielen goldenen Gedanken zu spielen, ganze Berge und Burgen zu bauen, aus deren schlanken Säulenfenstern seine Träume ihn grüßten. Und er war so reich, daß er jedesmal neue Paläste errichten konnte, von denen keiner einem alten ähnlich sah, und das will etwas bedeuten, da der Kleine über dreißig Jahre diese Beschäftigung trieb, seit seinem fünften Lebensjahre etwan – und sich doch nicht wiederholen mußte. Die anderen sprachen jetzt, während Machal sich gewiß wieder im Absinthglas sitzen fühlte, von lauten Dingen und Alltäglichkeiten in wirrem Durcheinander, und über allem schwebte die Baßstimme des Schauspielers mit ausgebreiteten Flügeln. Bohusch aber dichtete in seiner Ecke an seiner Apologie des Frühlings. Er kannte ihn ja eigentlich nur so wie er im finstern und feuchten Hirschgraben oder auf dem Kirchhof Malvasinka aussah; einmal als Kind hatte er ihn in der wilden Schárka gesehen, und heute hörte er noch in seiner Brust ein feines, altes Echo jenes Sonnentages. Wie selig mußte der erst draußen zu schauen sein, wo er seine Heimat hat, weit von der Stadt und ihrer Unrast, und es ärgerte und kränkte ihn, daß die Menschen um ihn, die doch weit herum gekommen sind, zugaben, daß man den Frühling verleugne. Das mußte er ihnen doch sagen. Aber ein zager Versuch seiner Lippen ging in dem allgemeinen Hin und Wider schnell und spurlos unter, und der arme Bohusch hätte auch nichts mehr zu sagen gewußt. Als fürchteten sie, verraten zu werden, flüchteten seine Gedanken in ängstlichem Ungestüm aus der schönen Versammlung, und statt ihrer füllte eine einzige Vorstellung sein Gehirn und die sprach er willenlos und unbemerkt aus: Ja, mein Vater. Es bedurfte eines Augenblicks, ehe 2
der Bucklige sich klar machte, warum er gerade an ihn dachte. Er sah ihn: in seinem riesigen dunkelblauen

Tressenpelz, dessen Kragen mit dem mächtigen Vollbart zu verschmelzen schien, ging er mit breiten, selbstbewußten Schritten in dem lichtgetünchten hohen Flur des alten Fürstenpalastes in der Spornergasse her und hin. Der goldene Knopf seines Stabes rührte fast an die goldenen Fransen, die von der Krempe des dreispitzigen Hutes hingen, unter welchem seine Augen ernst und wachsam waren. Dann stand der kleine kränkliche Bohusch oft hinter der Thüre der Portierswohnung und schaute scheu durch eine Spalte dem gewaltigen Schreiten des Vaters nach, dessen Gestalt höher war als die aller anderen Menschen, um so vieles ragender auch als die des alten Fürsten, vor dem der Vater den Tressenhut ganz tief abnahm, ohne sich indessen sonderlich zu verneigen. An einen Kuß oder ein Lächeln dieses Mannes konnte sich Bohusch, soweit er zurück sann, nicht erinnern, wohl aber gehörte seine Gestalt und seine Stimme zu den deutlichsten Eindrücken seiner armen Kindheit. Und darum fiel ihm der Vater auch immer dann ein, wenn er den längst Toten um diese beiden Eigenschaften beneidete und sich sagte: Beides ist doch eigentlich jetzt so gut wie unbenutzt; er braucht weder Stimme noch Gestalt mehr, warum hat er das alles dann mitgenommen? Und wenn der Bucklige das dachte, kam es immer so: auf einmal fühlte er etwas, das ihn mitnahm, fortriß. Seine Gedanken waren nicht mehr in ihm, sie liefen vor ihm her und er mußte sie verfolgen, um sie wieder zu fangen. Man konnte sie doch nicht so ohne weiters laufen lassen. Atemlos holte er sie immer an derselben Stelle ein. Das war eine helle Herbstnacht mit hastigen Wolken. Das flüchtige Licht war gerade geduldig genug, um Bohusch eine Marmortafel erkennen zu lassen, auf welcher, halb von wildem Gezweig verdeckt, stand: Vitězlav Bohusch, fürstlicher Portier. Und so oft der Kleine das las, begann er immer mit gierigen Nägeln in Gras und Schollen zu graben, bis er immer matter und der Atem der feuchten Erde immer schwerer und dunstiger wurde und seine blutigen Nägel endlich kreischten auf dem glatten Holz eines großen gelben Sarges. Und dann sah er sich auf dem Kasten in der schwarzen Grube knieen und eine Sekunde oder zwei ratlos sein. Bis immer dieselbe Lösung ihm kam: Man muß dieses Brett mit dem Kopf durchdrücken können, wie eine Fensterscheibe. Hatten sie ihn nicht immer gehöhnt um seines schweren Schädels willen? Also zu etwas muß er doch gut sein, nicht? Krach! Das Brett weicht – natürlich – wie eine Fensterscheibe, und der Bohusch holt sich mit heißer Hand aus dem dumpfen Dunkel die Brust des Vaters und schnallt sich dieselbe wie einen Harnisch um die schüchternen Schultern, und er langt wieder hinein und sucht und sucht mit krampfigen Fingern und schickt auch die andere Hand zu Hilfe und kann es gar nicht begreifen, daß er mit beiden wunden Händen die Stimme des Vaters nicht finden kann.

An den Abenden des frühen Frühlings ist die Luft von feuchter Kühle, die sich leise über alle Farben legt und sie lichter und einander ähnlicher macht. Die hellen Häuser am Quai haben fast alle den blassen Ton des Himmels angenommen und nur ihre Fenster zucken dann und wann in heißem Leuchten und verlöschen versöhnt in dem Dämmer, sobald erst die Sonne sie nicht mehr aufstört. Dann steht nur noch der Turm von St. Veit in seinem ewigen greisen Grau aufrecht da. »Er ist wirklich ein Wahrzeichen,« sagte Bohusch zu dem schweigsamen Studenten. »Er überdauert jedes Dämmern und ist immer ganz gleich. Ich meine in der Farbe. Nicht?«

Rezek hatte nichts gehört. Er sah hinüber nach dem Kleinseitner Brückenturm, wo man eben die Lichter anzündete.

Bohusch fuhr fort: »Ich kenne mein Mütterchen Prag bis ins Herz – bis ins Herz,« wiederholte er, als wenn jemand seine Behauptung bezweifelt hätte, »denn das ist doch wohl sein Herz, die Kleinseite mit dem Hradschin. Im Herzen ist immer das Heimlichste und, sehen Sie, es ist soviel Heimliches in diesen alten Häusern. Ich muß es Ihnen sagen, Rezek, denn Sie sind vom Lande und wissen es vielleicht noch nicht. Aber es giebt da alte Kapellen, Jesus, und was da für seltsame Dinge sind. Bilder und Ampeln, und ganze Kästen, Rezek, ich lüg' nicht, ganze Kästen voller Gold. Und aus diesen alten Kapellen führen Gänge weit, weit unter der ganzen Stadt durch, vielleicht bis nach Wien.«

Rezek sah den Verwachsenen von der Seite an.

»Bei meiner Seele,« beschwor der und legte die Hand auf die schiefe, gedrungene Brust. »Ich hätt's ja auch nicht geglaubt. Nie, mein Leben nicht. Aber ich hab's einmal gesehen, nicht in einer Kapelle, aber –«

»Wo?« forschte der Student plötzlich mit so entschiedenem Interesse, daß der Kleine zusammenschrak.

»Sehen Sie,« sagte er, »Sie möchten's nicht glauben. Aber in unserem Keller da ist ganz am Ende eine Vertiefung, so etwa zwei Stufen abwärts und dann ein Loch in der Mauer, gerade so groß, daß einer durchkrauchen kann – so – natürlich auf allen Vieren.« Bohusch lachte sein zerbrochenes Lachen.

»Na und –« drängte Rezek, fügte aber ruhiger hinzu, während er zwischen seinen lebendigen Fingern eine Cigarette formte, »was dann?«

»Ich wär' niemals hineingekrochen. Bewahre. Aber mir fiel mal die Kerze, mit der ich hinuntergestiegen war, brennend zwischen alte Holzscheite.Mein Schrecken! Na, Sie können sich vorstellen, Rezek, eine brennende Kerze in altem, trockenem Holz. Ich finde sie endlich wieder; sie war verlöscht natürlich, aber in lauter Angst grabe ich weiter. Es hätte doch ein Funke irgendwo darunter sein können. Da gleite ich auf einmal mit dem Holz tiefer und sitze vor dem Loch. Schau' hinein. Nicht möglich. Noch ein Keller, denk' ich. Ich leuchte. Aber es ist nur ein Gang, und der führt weiß Gott wie weit, weiß Gott.«

Sie schritten jetzt ganz langsam den Quai abwärts, der steinernen Brücke zu. Rezek that einen langen Zug aus seiner kleinen, ganz durchfeuchteten Cigarette und sagte, ohne zu Bohusch herabzusehen: »Das ist selbstverständlich längst vermauert, das Loch?«

»Vermauert?« kicherte Bohusch, »vermauert,« und konnte sich kaum fassen vor Heiterkeit. »Wer so was vermauern soll?«

»Nun, Sie haben's doch jedenfalls angezeigt?« Der Student sah ärgerlich aus. Seine dunklen Augen lauerten in dem blassen Gesicht, als wollten sie sich auf die Antwort des Kleinen stürzen.

Der war eben erst wieder vernünftig: »Sie wissen ja, meine Mutter, – der hab ich's erzählt. Und sie hat gesagt: ›Ein Loch? Was geht uns das an, Bohusch. Leg' das Holz wieder davor, wie es war.‹ Und da hab' ich also das Holz davor gelegt, so wie es war. Sie hat ja recht, was geht uns das Loch an.« Der Student nickte zerstreut und sagte dann rasch: »Es ist doch noch kalt im April.« Er schob die eckigen Schultern höher und nahm den schäbigen gelben Sommerüberzieher, den er den ganzen Winter getragen hatte, vorn fest zusammen; »wollen wir da hinüber ins Café? Ein Tschaj wird wohlthun. Kommen Sie.« Er schob seine Hand unter den Arm des Buckligen und wollte ihn mitziehen. Bohusch sträubte sich: »Aber, was glauben Sie, Rezek; wir waren lang genug im Café.« »Ja so, mit denen.« Der Student legte den Ton der Verachtung auf das letzte Wort. »Ich will mit Ihnen plaudern, Bohusch; nicht mit diesen großen Herren, mit diesen Künstlern.« »Was reden Sie denn,« staunte Bohusch, »das Volk muß stolz sein auf sie.« Rezek blieb stehen und war ganz blaß: »Wenn diese Menschen lieber stolz sein wollten auf das Volk. Aber glauben Sie mir, sie wissen nichts von einander – das Volk nicht von ihnen und sie nicht vom Volk. Ich bitte Sie, was sind sie denn, sind das Tschechen, ja? Schauen sie nur irgend einen an. Der Karás schreibt in deutschen Zeitungen über unsere Kunst. Und unsere Kunst, was ist das? Lieder vielleicht, wie sie das ganz junge, gesunde, kaum erwachte Volk singen könnte? Erzählungen von seiner Kraft und von seinem Mut und von seiner Freiheit? Bilder von seiner Heimat? Ja? Keine Spur. Davon wissen ja diese Herren gar nichts. Sie sind ja nicht von heute, wie das Volk, das noch ganz kindisch ist, voller Wünsche und ohne eine einzige Erfüllung. Sie sind ja über Nacht fertig geworden. Überreif. Das ist ja soviel bequemer, als der lange, eigene Weg durch Bedrückung hindurch, wie das Volk ihn gehen muß, das arme! Fast mühelos ist das. Man importiert alles aus Paris: die Kleider und die Gesinnung, die Gedanken und die Inspiration. Man war gestern Kind und ist heute ein junger Greis, ein Übersättigter. Man weiß auf einmal alles. Und man macht danach seine Kunst. Man malt Greuelscenen und Orgien. Man sucht im Weib die Dirne und verherrlicht sie in Romanen; dann verurteilt man in frivolen Liedern diese Dirne und feiert die Mannesliebe in schweren Strophen, und endlich ist man am Ziel: man verherrlicht nicht mehr und verurteilt auch nicht mehr. Man ist dessen müde. Man ist ja so über alles hinaus. Man ist Mystiker. Man ist überhaupt gar nicht mehr hier, in Böhmen zu Haus; iwo, man hat seine Heimat irgendwo – was weiß ich – an dem Urquell des Lebens. Das ist doch lustig. Nicht? Während das Volk sich rührt und zum erstenmal fühlt, wie jung und gesund es ist und die neue zage Kraft des Anfangs in seinen Adern quillt, schänden die Künstler seine Sprache dadurch, daß sie ihren Frühling für die kranke Kunst eines Endes mißbrauchen?« Der Student hatte sich heiß und heiser gesprochen. Sie standen immer noch an derselben Stelle. Vorübergehende begannen aufmerksam zu werden und auch ein Schutzmann sandte von Zeit zu Zeit einen mißtrauischen Blick herüber. Bohusch schaute schweigend zu dem Studenten auf und er schien ihm jetzt ebenso hoch und stolz in die Nacht zu ragen, wie drüben der alte Turm des Doms. –

Jetzt sagte Rezek mit veränderter Stimme, geärgert durch die Neugier der Menschen: »So kommen Sie doch ins Café.«

Und Bohusch ganz unter dem Bann dieses Befehles, ging mit. Er konnte sich gar nicht vorstellen, daß er hätte nein sagen können. Als sie aber an der Thür des kleinen Cafés stillestanden, sagte er zaghaft: »Ich kann doch wirklich nicht, Herr Rezek, verzeihen Sie, aber nun kann ich doch wirklich nicht. Meine Mutter, Sie wissen ja. Sie erwartet mich am Abend. Und sie hätte Angst, wenn ich nicht komme. Sie ist so. Entschuldigen Sie . . .«

Der Student unterbrach ihn kurz: »Dann begleit' ich Sie.« Er schien jetzt gar nicht mehr zu frieren. Und sie gingen nach der Kleinseite. Schweigend. Als sie an dem Schutzmann vorüberkamen, fühlte der Verwachsene, wie Rezek einen dunklen, mißtrauischen Blick von dort auffing. Er schaute auf; aber der Student hatte den Kopf schon abgewendet und spuckte gleichgültig nach der anderen Seite, wobei er bemüht schien, den Eckstein zu treffen. Bohusch dachte nach; er fühlte eine Verwandtschaft zwischen den schönen Gedanken, die ihm heute Nachmittag im »National« gekommen waren und dem, was Rezek gesagt hatte und was er nun noch sagen würde. Es war zum erstenmal, daß ihn diese Empfindung überfiel, obwohl er oft mit dem Studenten zusammentraf; er hatte ihn stets für dumm gehalten. Warum? Vielleicht weil er sonst so viel schwieg? Deswegen hielt man ja wahrscheinlich ihn, Bohusch, für beschränkt. Andererseits aber, wie schön war das an sich magere und häßliche Gesicht des Studenten während seiner begeisterten Worte geworden. Alles was eckig und hölzern aussah in seinem Gesicht und in seinen Gesten erhielt eine Betonung ins Erhabene: es wurde streng, herrisch, rücksichtslos. Dieser ganze, hoch aufgeschossene junge Mensch, der zu schnell gewachsen, zu schlecht genährt und zu erbärmlich gekleidet war, hatte für Bohusch ganz unversehens etwas Elementares, Ewiges bekommen, und wie er so neben ihm hinging, wurde er die Empfindung nicht los, daß er sich diesen Tag besonders merken müsse: Samstag, den 17. April. Die Vorstellung wuchs in ihm ganz bestimmt und deutlich, aber gleichsam im Hintergrund seiner Seele, während vorn sein eigenes Ich stand, sich verneigte und zu Bohusch sprach: Das muß ich mir entschieden verbeten haben, ganz entschieden! Du hast gar nicht das Recht, mein Lieber, alle Schätze, welche ich dir, dem Bohusch, gebe, zu verschweigen. Heraus damit. Sprich. Die Leute sollen wissen, daß ich reich bin. Ich weiß, was du sagen willst. Du bist häßlich. Aber rede nur erst. Reden macht schön. Da hast du es gerade sehen können. Versprich mir's. – Und der arme Bohusch gab seinem Ich das Ehrenwort: Gewiß, von jetzt an werde ich reden. Und Bohusch wollte gerade beginnen, als der Student neben ihm stehen blieb und über die Moldau hinwies, auf deren hohen dunklen Wogen verlorene Lichter trieben: »Schauen Sie dort den Vyschehrad, die alte Stammburg der Libuscha, und da den Hradschin und hinter uns die Teynkirche, lauter Heiligtümer. Wenn die Herren zur Vergangenheit flüchten, wie sie immer wieder behaupten, warum nicht zu dieser Vergangenheit. Warum erzählen sie uns vom Orient und von den Kreuzzügen und vom schwarzen Mittelalter? Das ist eine künstlerische Frage, sagen sie. Nein, sage ich: Das ist eine Herzensfrage. Das ist nicht Zufall, daß ihnen jene entfernten Dinge ›liegen‹ und das Nahe, Vertraute ihnen nichts zu sagen hat. Sie sind einfach Fremde. Und das Volk pflegt ängstlich seine alte unbeholfene Tradition, die trotz aller Sorgfalt blasser und blasser wird von Enkel zu Enkel, so daß es kaum mehr weiß von den lebendigen Reichtümern seiner Heimat. Freilich! Es wäre doch auch zu erniedrigend für diese großen Herren, das Volk vor seine heiligen Erbstücke zu begleiten und ihm in neuen, klaren Worten zu sagen von ihrem alten Wert und ihrer geweihten Würde.«

Bohusch sah starren Auges die Steine des Gangsteiges an und sagte, wie sich zwingend leise, immer wieder von Hüsteln unterbrochen:

»Sie haben recht, Rezek, Sie haben ganz gewiß recht. Ich kann das alles ja nicht so gut verstehen; denn es ist gewiß nicht so ganz einfach, was Sie da sagen. Aber recht haben Sie. Ich hab' mir das ja manchmal gedacht. Warum malt man das und nicht das. Warum schreibt man so und nicht so . . . aber doch, wenn Sie mir gestatten wollen zu bemerken, daß die Dichter nichts vom Hradschin und vom Teyn erzählen, das macht nichts, das macht nichts. Ich meine, – sehen Sie, ich kenne mein Mütterchen Prag bis ins Herz, ja, und mir hat nie ein Dichter davon was gesagt. Man muß nur groß werden mitten unter diesen Kirchen und Palästen. Die brauchen, weiß Gott, keinen, der für sie spricht, die sprechen selbst, mein' ich. Wenn man nur hören mag. O, was die für Geschichten wissen. Lieber, ich will Ihnen einmal einige erzählen, ja? Oder noch besser: Sie sollen meine Mutter davon reden hören.«

Rezek machte eine Bewegung der Ungeduld. Bohusch bemerkte es sogleich und stockte einen Augenblick, dann: »Verzeihen Sie. Ich hab' eigentlich nur noch sagen wollen . . . ja, also das mit dem

Hradschin ist nicht schade, aber das andere. Das, was nicht Vergangenheit ist. Die Gassen da und diese Menschen und dann besonders die Felder hinter der Stadt und die Menschen dort. Das haben Sie doch sicher auch schon gesehen: Ein Feld, wissen Sie, so ein Feld ohne Ende, traurig und grau. Und der Abend dahinter. Und nichts, nur ein paar Bäume und ein paar Menschen; und die Bäume gebückt und die Menschen auch. Oder so im Steinbruch, wie sie da draußen hinter Smichov sind. Von dem grauen, kahlen Berg rollen die kleinen Kiesel herunter in die Schuttmulde. Wie das klingt. Ja, das ist auch ein Lied; und unten sitzen Männer und behauen den ganzen Tag die grauen Steine und machen kleine, brave glatte Würfelchen aus ihnen und sehen die Sonne trüb durch die Korngläser, die sie vor den Augen haben. Und die jüngeren von ihnen vergessen manchesmal und heben leise zu singen an, kein ausgelassenes Lied, bewahre, irgend eins, das zum Takt paßt »*Kde domov muj*« oder so was. Und dann horchen alle. Es dauert aber nicht lang. Dem Jungen fällt bald ein, daß der Kieselstaub zu scharf ist, schlecht für die Lunge, na, und da ist er halt wieder still . . . Aber – Sie müssen verzeihen –« der Kleine sah hilflos umher, faßte sich aber wieder, als er sah, daß das Auge des Studenten ernst und aufmerksam auf ihm ruhte. Er empfand dies als Sieg und mit mehr Sicherheit als bisher fuhr er in seiner Rede fort: »ich hab' nur noch sagen wollen: Warum malen sie das nicht, warum? Warum dichten sie nicht so was. Das ist doch tschechisch – es ist ja so traurig.«

Rezek nickte nur und sagte: »Glauben Sie, daß das Volk sehr traurig ist?«

Bohusch sann nach: »Freilich,« meinte er dann zögernd, »eigentlich kenn' ich ja so wenig; ich komm' ja nie weit hinaus. Aber ich glaub' es doch.«

»Warum?«

»Warum, fragen Sie? Gott, weiß ich's? Die Eltern sind traurig und die Kinder sind es auch und bleiben es. Sie sehen, kaum daß sie laufen können, den traurigen Nepomuk vor der Thür, der den Gekreuzigten im Arm hält, und die alte Weide am Dorfteich und die Sonnenblumen im kleinen Garten, die so früh müde werden in der stillen Sonne. Macht das froh? Und dann lernen sie so zeitig den Haß. Die Deutschen sind überall und man muß die Deutschen hassen. Ich bitte Sie, wozu das? Der Haß macht so traurig. Sollen die Deutschen thun, was sie wollen. Sie verstehen unser Land doch nicht und deshalb können sie uns es niemals fortnehmen. An den Grenzen, da giebt es ja wohl große Wälder und Gebirge, wo die Deutschen ganz fest sitzen, nicht wahr? Aber die umrahmen doch eigentlich nur das Land. Was dazwischen liegt, die vielen Felder und Wiesen und Flüsse, das ist unsere Heimat, das gehört uns, wie wir dazu gehören mit allem in uns.«

»Als Sklaven,« – warf Rezek verächtlich ein.

»Sagen Sie das nicht. Bitte. Nicht als Sklaven. Als Kinder. Vielleicht als nicht ganz anerkannte, nicht ganz erbberechtigte Kinder – augenblicklich. Aber doch als echte, natürliche Kinder. Sie müssen's doch fühlen. Sie sagen selbst: das Volk ist ganz jung und gesund, dann wird es ja wohl auch stark sein und sich nicht ergeben. Möglich, daß einer oder der andere Ketten trägt – heute. Das geht vorüber. Ich weiß, da hat einer ›Sklavenlieder‹ geschrieben, einer von den Älteren. Der hat nicht recht. Kein Redlicher in unserem Volk macht Lärm mit den Ketten. Sicher nicht. Er hebt sie sogar beim Gehen vorsichtig in die Höhe, damit die liebe Erde nichts merkt von seinem Elend . . . So sind die Aufrichtigen von uns.«

Jetzt waren sie gerade am Anfang der Brückengasse angelangt, drängten sich durch die dichteren Mengen der Fußgänger und bogen eilig in die erste, enge Seitengasse ein. Beim Schein der nächsten Laterne betrachtete der Student seinen Begleiter mit unverhehltem Erstaunen; er schüttelte den Kopf, schien irgend etwas auf den Lippen zu zerdrücken und sagte: »Sie sind ein Redner, Bohusch.«

»O,« machte der Kleine und sah ganz beschenkt aus.

»Nein, im Ernst. Nur müssen Sie sich sagen lassen. Das mit den Deutschen . . . Wenn Sie vernünftig sind, vielleicht braucht Sie das Volk noch einmal.«

»Waaas?« machte Bohusch und wollte lachen aus Schrecken und Verlegenheit. Aber Rezek hatte die Lippen fest zusammengepreßt, sah sehr ernst aus und schwieg. Da wurde dem Buckligen sehr bange. Er drängte sich näher an den Studenten heran und flüsterte:

»Das denk' ich mir ja nur alles so. Wirklich. Ich weiß ja nicht. Vielleicht ist es ja auch anders. Ich kann's ja auch nicht so sagen. Sie müssen nicht schlecht denken von mir, Herr Rezek.« Und auf einmal wurde er ganz verzagt. »Sehen Sie, ich bin ja so ein armer Kerl. Wenn Sie wüßten, wie arm ich bin; am Vormittag da schreib' ich ab in der Redaktion, und am Abend, da bin ich bei der Mutter, sie ist so alt und sieht fast nichts mehr. So ist es jeden Tag. Und am Sonntag, wenn ich meine Frantischka sehe, wissen Sie, wo wir dann bleiben? Auf der Malvasinka. Dort wo die grünen Kreuze stehen, eins wie das andere. Lauter Kinder liegen dort, und auf den schmalen Blechtafeln steht immer nur irgend ein Vorname, ›der kleine Karel‹ oder ›die kleine Marie‹ und ein Gebet dabei. So ist das dort. Und dort bleiben wir am Sonntag. ›Hier sind wir allein, *milatschku*,‹ sagt meine Frantischka. ›Ja, sag' ich, Frantischka, hier sind wir allein.‹ Und dabei weiß ich, daß wir bei lauter Toten sind. Macht das was? Es ist ja immer noch was dazwischen, manchmal Frühling, manchmal Schnee. – Ach, ich bin ja so ein armer Kerl.«

»Nun, nun,« beschwichtigte Rezek, und sie standen schon vor dem Hause, in welchem der Bohusch unter dem Dach zwei Stuben mit seiner alten Mutter teilte. Der Student schien es eilig zu haben. »Sie sind mir also nicht bös, Herr Rezek,« bat der Bucklige. »Dazu ist doch kein Grund,« meinte jener hastig, »und gute Nacht. Ich seh' Sie ja wohl, morgen im Café!«

»Ja, morgen, vielleicht – obzwar es ist Sonntag, da muß ich mit meiner Frantischka – ja – gute Nacht.«

Rezek, der schon ein paar Schritte gemacht hatte, kehrte plötzlich zurück. Er legte die unruhige Hand auf die Schulter des Kleinen und fügte ohne besondere Betonung sehr hastig an:

»Wirklich, Sie haben mich neugierig gemacht, Bohusch, das haben Sie. Möchten Sie mich nicht mal in den Keller führen?« . . .

»Keller?«

»Ach, Sie wissen doch, zu jenem Loch.«

»O ja, wenn Sie wollen, gewiß.«

»Gut, also bald, wann?. . .«

»Wann Sie wollen.«

»Morgen früh?«

»Morgen früh.«

Und sie bestimmten die Stunde. –

Es hatte niemand bemerkt, daß Bohusch am Sonntag früh einen Gast in den Keller des alten finsteren Hauses in der Hieronymus-Gasse geleitete. Die beiden waren ja auch so behutsam hinabgestiegen, als gelte es einen Schlafenden nicht zu wecken, hatten unten das Holz fortgeräumt und dann war der Fremde, der sehr schweigsam war, mit der Laterne in den geheimen Gang gekrochen. Der Bucklige stand und starrte ihm nach. Noch eine Weile blieb das Loch hell, dann erloschen dort an den Kanten die Lichtstreifen und dann flatterten ein paar Reflexe in dem schwarzen Rahmen her und hin, schlugen sich an den Mauern die Flügel wund und fielen tot in das grenzenlose Dunkel. Bohusch lauschte. Schritte hallten fern und immer ferner. Da wurde ihm mit einemmale angst. Er dachte: Wozu thut er das? Endlich hörte er keine Schritte mehr, und jetzt begann er zu rufen. Seine Worte hatten einen seltsamen Klang; sie trugen das Schlagen seines Herzens mit, welches er in der Kehle spürte und welches immer wilder und ungestümer wurde: »Geben Sie acht. Rezek! – Rezek, gehn Sie nicht weiter. Was machen Sie denn? Aber, aber! Sie dürfen nicht weiter gehn. Hier, hier. Hören Sie? Jesus Maria, wo sind Sie denn? Keine Dummheiten; man kann nicht wissen . . .« Plötzlich fiel das volle Licht der Laterne auf ihn; das kam so überraschend, daß der Kleine noch eine Weile alle Zeichen des Schreckens und der Furcht behielt und in seiner atemlosen Verwirrung drollig genug aussah. Rezek war mit einem Sprung neben ihm, schien ihn aber gar nicht zu bemerken. Eine gewisse Befriedigung leuchtete in seinen dunklen Augen auf, erlosch schnell und es kam jene strenge Verschlossenheit über sein Gesicht, welche jede Linie versteinerte. »Nun?« brachte Bohusch endlich heraus, und nahm dem anderen die Laterne aus der Hand, um das Licht recht nahe und recht sicher zu haben. Der Student kam ihm auf einmal recht einfältig, fast ein wenig komisch vor, und als er gar bemerkte, daß er in seiner Furcht die ganze Zeit nach der entgegengesetzten Seite, wo gar kein Loch war, gerufen hatte, schmolz seine Beklemmung, sie floß gleichsam von seiner Gestalt herunter in einem unbändigen, blechernen Gelächter. Er war jetzt in der Stimmung alles heiter zu finden, und ihm erschien es ein köstlicher Spaß, daß der hagere Student das Holz wieder vor die geheime Thüre schichtete und sich dabei so wichtig und weihevoll benahm. Im Hinaufsteigen bat er Rezek, er möchte jetzt doch zu ihm hinauf kommen. Seine Mutter sei gewiß auch noch zu Hause und er würde es nicht bereuen, schöne Geschichten zu vernehmen und vielleicht auch ein Gläschen Gilka (ja, solche Köstlichkeiten besäße er, der arme Bohusch) zu trinken. Der Student entschuldigte sich kurz. Er hätte dringende Verpflichtungen und würde ein anderesmal kommen. Übrigens sei das recht interessant gewesen da unten – und er danke auch vielmals. Bohusch war sehr enttäuscht; er hätte jetzt so gerne erzählen mögen. Aber Rezek ließ sich nicht erbitten. Er grüßte flüchtig, ging und vernahm noch wie der Bucklige, der übereifrig die Treppen hinaufwatete, im ersten Stock irgendwem einen sehr lauten »Gutenmorgen« zurief. Der Student schritt hastig die Brückengasse aufwärts. Er fiel auf wie eben ein arg Beschäftigter unter Müßigen auffällt, und seine schwarze, schlanke Gestalt schien sich an diesen lichten und langsamen Sonntäglern, die der Niklas-Kirche zuströmten, fortzuhelfen.

Unter der feierlichen Menge tauchte nicht viel später die arme Gestalt des ›König Bohusch‹ auf. In dieser Gegend kannten ihn die meisten, wußten den Spottnamen, den er, weiß Gott weshalb, seit seiner Schulzeit trug, und übermütige Jungen riefen ihm wohl auch kichernd ein ›König Bohusch‹ in den Rücken, der unter dem schwarzen Sonntagsrock noch viel runder und häßlicher war. Der Verwachsene ließ sich dadurch nicht stören, trieb eine Weile mit der Menge, kehrte aber dann um und ging, immer lächelnd, der Altstadt zu. Er wollte jemanden begegnen; er fühlte sich aufgelegt, irgendwem zu erklären, daß das Leben, mochte es seine Kanten haben, im allgemeinen doch etwas ganz Treffliches ist, daß die Tschechen ein patriotisches und prächtiges Volk seien und Prag eine Stadt – (»bitte, sehen Sie nur mal dieses Rudolfinum an,« – hätte er jetzt gesagt) – eine Stadt die ihresgleichen nicht nebenan hatte. Die Möglichkeit, jemanden zu finden, war am größten in der Ferdinandstraße und ›am Graben‹, auf deren breiten Gangsteigen das ganze moderne Prag den Sonntagmittag verbringt, und er lenkte dorthin ein, in der Hoffnung, den oder jenen zu sehen – mochte es selbst Machal oder Pátek sein. Kaum dachte er so, erkannte er Pátek. Der mondäne Novellist schritt knapp vor ihm her. Er trug einen ganz neuen lichtgrauen Anzug, durch welchen er gewissermassen den etwas zaghaften Frühling protegierte, und die scharfe Bügelfalte blieb bei seinem Schreiten ungebrochen und reichte tadellos bis zu den leuchtenden Lackschuhen hinab, die er mit Grazie zur Geltung zu bringen wußte. Als Bohusch, der ihn überholte, ihn anredete, legte er die Hand mit dem Handschuh (*Café au lait*, 6¾) nachlässig an die Krempe des niedrigen Cylinders und machte nicht viel Miene, sich in ein Gespräch einzulassen. Aber Bohusch war so froh, wen gefunden zu haben, daß er seine Schüchternheit vergaß, keine Aufforderung abwartete und einfach mitging. Pátek warf auch dann und wann irgend ein Wort herunter, das heißt er ließ es fallen, und achtete wenig dessen, ob der Kleine diese kostbaren Fragmente auffing, oder nicht. Dieser dagegen sprach unaufhörlich und ruhte sich dann und wann in seinem lauten Lachen aus. Alles bot ihm Stoff. Seine Witze, die nicht immer ganz glücklich waren, erregten rechts und links Aufmerksamkeit oder Unwillen und der vornehme junge Mann, der nach allen Seiten hin Grüße erteilte, fühlte sich recht unangenehm in Gesellschaft dieses ›verunglückten Proletars‹, wie er Bohusch zu nennen pflegte. An der nächsten Ecke that er so, als bemerkte er einen guten Bekannten auf der anderen Seite der Straße; er blinzelte eine Weile hinüber, murmelte etwas Unverständliches und hüpfte, ehe Bohusch begriff, worum es sich handle, davon. Der Bucklige ging weiter, stand nach zehn Schritten aufs neue still, suchte die Gestalt des Flüchtlings in dem Strome drüben, und erkannte, daß Pátek allein ging. Da verlosch das Lachen auf seinem breiten Gesicht; er warf jemandem, der ihn im Vorbeigehen gar nicht heftig gestreift hatte, ein Schimpfwort zu, wandte sich um und bohrte sich mit rücksichtslosen Schultern in eine Seitengasse durch, wo keine Sonne und kein Mensch war. Thränen hatte er in den Augen. – Eine Weile dachte er daran, Schileder in seinem Atelier aufzusuchen. Dort war er immer geduldet. Wenn der Maler auch gerade beschäftigt war, er durfte sich mit irgend einer Mappe in eine weiche Ecke des großen Raumes verkriechen und konnte stundenlang Bilder betrachten und seine Blicke die hohen Wandsimse entlang schicken, auf welchen die unvereinbarsten Dinge, die abenteuerlichsten Geräte standen und sich vertrugen hinter den dichten Schleiern eines jahrealten Staubes. Er hatte oft Stunde um Stunde unbeachtet dort gesessen, und wenn er irgendwo ein Stück Samt oder eine bunte, faltenleuchtende Seide entdecken konnte, hatte er das Laken nicht mehr aus dem Auge gelassen, und der Maler hatte es ihm gerne geschenkt. Dann war er immer hastig seine vier Treppen hinaufgestürmt, wild vor Ungeduld, mit dem Stück Zeug angethan, vor den Spiegel zu treten. Ja, der arme Bohusch empfand seinen schwarzen Rock, der ja übrigens auch zu alt war, als ein recht schlechtes, unwertes Sonntagskleid, und träumte schon als Kind davon, in außergewöhnlichen und prächtigen Kleidern unter die Menschen gehen zu können. Er hatte ja auch, nur damit er das rote Chorhemde bekäme, in der Schulzeit bei dem Hochamt ministriert und, nur um der glänzenden Uniform willen, wäre er später am liebsten Soldat geworden. Das war alles lang vorbei und er konnte nun nicht mehr hoffen, jemals etwas anderes, selbst bei der größten Festlichkeit anzuziehen, als diesen schwarzen, schäbigen Rock, es sei denn, daß die Frantischka sich doch noch entschlösse, ihn zu heiraten; zu dieser Feier würde er sich ohne Zögern einen neuen machen lassen, und der müßte dann einen breiten Samtkragen haben. Auf diesen Tag wartete auch noch des Vaters gestickte Weste, welche Bohusch sich dann zurecht schneidern lassen wollte, – erst bis es an der Zeit war. Nur nicht umsonst das Geld ausgeben. Und ob es jemals an der Zeit sein würde?. . . Den letzten Sonntag hatte Bohusch vergeblich auf die Geliebte gewartet. Wie, wenn sie heute wieder ausbliebe?

Auf den ärmeren Friedhöfen, wo keine mächtigen Marmordenkmäler von Gärtnerhand mit berechnender Kunst verziert werden, ist es so: der Frühling, in seiner Unschuld, tritt ein, und das Klirren der rostigen Gitterthür ist der letzte Lärm, den er vernimmt. Er ahnt nicht, wo er ist. Aber es gefällt ihm wohl in diesen stillen Mauern, hinter denen weit das Leben wogt und bei diesen kleinen Engelchen aus glänzendem Thon, die die Hände gefaltet haben und zu ihm beten. Zu wem denn sonst? Auch giebt es für die jungen, ängstlichen Winden keine bessere Stütze als so ein Kreuz, darauf sie, wenn sie mal so hoch sind, wie zum Lohn nach rechts oder links sich ausstrecken dürfen, soweit es ihnen gefällt. Und weil es ihm doch so gut geht, wird der Frühling an einem solchen Orte früher groß als anderswo. Die kleine dunkle Gestalt des Bohusch wenigstens ging geradezu verloren in dem Getümmel von Primeln und Anemonen, und über ihm lauerte der Wind in einem Baum, der Blüten hatte, ehe ihm Blätter kamen, und schickte ihm dann und wann eine Blüte in den Schoß und schaukelte so schalkhaft mit den zieren Zweigen, als wollte er den Einsamen in der nächsten Sekunde doch über und über verschütten. Der Bucklige aber war nicht gelaunt, ihn zu verstehen. Er stäubte die Blüten mürrisch von seinen schwarzen Ärmeln und schaute an dem sonnigen Sonntag vorbei in einen anderen – ganz anderen Tag. Das war auch auf einem Kirchhof. Vor drei Jahren ungefähr. Ein paar schwarzgekleidete Leute standen um das offene Grab. Die Männer in einer gewissen kavaliermäßigen Vornehmheit mit großen Bärten oder ganz glatt rasierten Gesichtern, jene Falten um die Lippen, welche nach allgemeiner Übereinkunft Zeichen der Trauer und Ergriffenheit sind, die Frauen, viel unbedeutender, mit Taschentüchern in den Händen, und im Mittelpunkt dieser ernsten Gruppe, eine kleine, hilflose, weißhaarige Frau. Sie war ganz überwältigt von ihrem Schmerz, er hatte sie ganz in Besitz genommen. Jedes Zucken ihrer armen Gestalt, jedes Flehen ihrer erstickten Stimme gehörte ihm. Deshalb hatte sie auf alles um sich her vergessen, auch auf ihren Sohn, den armen Bohusch. Der war arg erstaunt. So hatte er die Mutter nie gesehen. Ihm selbst war gar nicht außergewöhnlich zu Mute. Er dachte einfach darüber nach, wie denn der Vater in dem Sarge habe Raum finden können. Die Truhe hatte nicht übermäßig groß ausgesehen, und wahrscheinlich mußte er s o liegen. Dabei stellte er sich den Vater vor, wie er die Kniee ein wenig emporgezogen hatte und überlegte, daß, wenn dem Toten irgendwann der allerdings ganz unerhörte Einfall käme, die Beine zu strecken, die gelbe Kiste ganz gewiß nachgeben würde, unten oder oben. Von solchem Sinnen erfüllt, wartete er ruhig ab, bis die Gesellschaft den Rückweg antreten würde. Als aber auch jetzt seine unaufhörlich schluchzende alte Mutter ihn gar nicht kennen wollte vor Schmerz, wurde ihm sehr bang. Er konnte ja nicht begreifen, daß die arme kleine Frau alle vierzig Jahre ihrer Ehe, die ersten zwei vielleicht ausgenommen, aus Furcht vor ihrem Mann, der keine Scene ertrug, niemals zu weinen gewagt hatte und nun unbewußt, im erlösenden Genuß einer gewissen Befreiung alles Versäumte, ein Jahr nach dem andern herunterweinte. Und vierzig Jahre weinen sich nicht so im Handumdrehen. Ratlos sah Bohusch von einem zum andern. Sie gingen alle an ihm vorbei, die Freunde und Genossen des Verstorbenen und die Taktvollsten unter ihnen drückten ihm schweigend die Hand, wobei der dazugehörigen Frau jedesmal die Augen übergingen, und der fürstliche Kammerdiener sagte in ausländisch-korrektem Hochdeutsch: »Er war noch gar nicht alt, Ihr Vater.« Damit wollte er betonen, daß der verstorbene Portier um zwei Jahre älter war, als er selbst, der englische Kammerdiener Sr. Durchlaucht. Bohusch wurde unter jedem Händedruck immer ängstlicher, es kam ihm jetzt erst in den Sinn, daß sich da ja doch etwas Außergewöhnliches begeben haben müsse, und bange von der steifen Feierlichkeit dieser Menschen, blieb er mehrere Schritte hinter dem Zuge zurück. Da fühlte er plötzlich, wie zwei Arme sich zu ihm senkten und als er aufsah, hatte ihn ein junges blondes Frauenzimmer gerade auf die Stirne geküßt. Sie hatte kühle Lippen, das fühlte er und was ihm noch lieber war: sie weinte nicht. Sie hatte nur sehr, sehr traurige Augen. Aber als der Bucklige ihren Blick fand, mußte er an einen dunklen Wald denken. An nichts Schreckliches, nur an einen dunklen Wald und drin läßt sichs ja wohl wohnen. So waren ihm die traurigen Augen gleich lieb, die traurigen Augen seiner Frantischka. – Übrigens: es kannte niemand das Frauenzimmer damals, keiner in der ganzen Trauergesellschaft wußte ihren Namen; sie war eben mitgekommen. Am Thor des Kirchhofs standen zwei alte Bettelweiber, Rosenkränze zwischen den welken Fingern. Sie waren beim 17. ›Gegrüßet seist du . . .‹; als Bohusch mit seiner neuen Freundin, Hand in Hand, vorüberkam, unterbrachen sie ihr Gebet und die eine sagte grinsend: »Die da mit dem Buckligen, das war die Liebste von dem Seligen.« Und ihr zischendes Kichern wurde nach und nach das 18. ›Gegrüßet seist du.‹ Bohusch aber hatte das nicht gehört. – Er sah das blonde Mädchen wieder und als sie ihm einmal mit der Hand über die Stirne strich und sagte: »Du bist ein so guter, guter Kerl,« da küßte er ihr diese Hand, und das Herz schlug ihm hastig dabei. Er hatte gefühlt, wie es ihm eiskalt über den Rücken lief und wie ihm im Kopfe alles polternd zusammenfiel, hatte seine Hände ineinandergepreßt, daß er hätte schreien mögen vor Schmerz und hatte, statt zu schreien geflüstert: »Du bist meine Liebste, nicht wahr?« und da hatte sie gelacht, laut gelacht und genickt und ihre Augen waren voll der lieben Traurigkeit. Das war aber doch schon lang, und der Bohusch, der jetzt unter dem Blütenbaum auf der Malvasinka saß, hätte die Frantischka so gerne wieder darum gefragt. Statt dessen sah er starr dem Abend in das rote Gesicht und wußte: nun kommt sie nicht mehr. Es war auch nicht die kleinste Hoffnung in ihm, aber gleichwohl blieb er zwischen den Hügeln und Kreuzen sitzen, gebannt durch den dunklen Wunsch, hier wohnen zu dürfen ganz mit dem gleichen Recht, wie die vielen Nachbarn. Was müßte er denn dazu thun? Gott, seine Augen müßten diese Türme dort, diese Dächer, diesen leise zerfließenden Hang einfach loslassen, Abschied nehmen müßten sie von dem Himmel, von dem ersten Abendstern, und etwas, was tief in ihm ist, müßte noch einmal Atem holen und ›Frantischka‹ sagen und dann nicht mehr. Das wäre alles und ist das so schwer? – Es mußte doch schwer sein, denn Bohusch erhob sich und ging den rinnigen Fahrweg abwärts durch die breite Hauptstraße hin. Ein grauer flimmernder Nebel sickerte dort nieder und hielt die Gasflammen gleichsam in der Luft gefangen, so daß sie nichts von ihrem Licht herunterstreuen konnten auf die dichten Scharen müder Ausflügler, die gespenstisch sich erst zwei Schritte vor dem Einsamen aus der Unermeßlichkeit formten, und hart hinter ihm in das Nichts zurücksanken. Und wenn der Bohusch seinem innersten Instinkt nach immerzu gegangen wäre, ohne aufzusehen, er wäre gewiß in die Moldau gekommen, die vom Eisgang her noch heftig war, so, wie ein matter Gaul den Weg in den stillen Stall findet – ohne aufzusehen. Aber Bohusch *sah auf*. Die Nebel um ihn begannen zu ihm zu reden in mächtigen, wachsenden Klängen, und alle Türme, von denen er früher hatte Abschied nehmen wollen, erhoben ihre feierlichen Avestimmen. Es war, als würde oben über den Dächern, hinter den undurchdringlichen feuchten Falten, irgend ein großes Fest begangen, und die Seele des Verwachsenen war plötzlich oben und ehe er es hindern konnte, ging sie auf in dem mystischen Jubel der Lüfte. Und da stand der arme Bohusch und sah ihr nach. – Er mußte daran denken, daß über acht Tage Ostersonntag war und das erfüllte ihn mit soviel Freude, daß er lächelnd bei seiner alten Mutter eintrat und den ganzen Abend so drollige Dinge zu berichten wußte, daß der alten Frau vor lauter Lachen schwach und schwindlich wurde. Was that es, daß Bohusch später träumte, Frantischka und er sollten heiraten. Er sah das alles genau bis zu den allerkleinsten Einzelheiten, bis zu den Granatohrringen, welche wie Blutstropfen an den Ohrläppchen seiner Braut hingen. Und alles ging ordentlich. Die Trauung war in der großen Kuppelkirche von St. Niklas, und auch den Pfarrer erkannte Bohusch gleich wieder. Bis dahin war es vernünftig und so wie am lichten Tage. Aber mit einemmale wurde es ganz seltsam. Ein junges, oh, ein so junges Mädchen umfaßte die Braut, die vor dem Altare neben ihm kniete und schrie: »Ich laß dir ihn nicht, ich lieb' ihn so!« Das schrie sie ganz laut, ganz wild – obwohl es, ich bitte, in der großen und ernsten Kirche von St. Niklas war. Es war nur natürlich daß der Bräutigam – (er trug übrigens richtig einen neuen Rock mit dunkelrotem Samtkragen) – sich dieses ganz junge Mädchen, welches ihn so liebte, genauer ansehen wollte. Er erkannte die Carla, das war Frantischkas jüngere Schwester, welche er nur flüchtig kannte, und war sehr erzürnt über diese Störung. Als er aber doch besser zusah, gewahrte er, daß dies blonde Kind ein Nonnenkleid trug und – erschrak vor Freude so jäh, daß er auffuhr und erwachte. Es dauerte eine Weile, ehe er, im Bette sitzend, sich zurecht fand. Dann rechnete er, wie weit es war bis zum grünen Donnerstag; und als sich nur drei Tage dazwischen fanden, lächelte Bohusch und schlief mit diesem Lächeln, traumlos, in den Morgen hinein.

Der Platz vor der königlichen Burg in Prag sieht trotz der ärmlichen Allee, welche ihn überquert, sehr vornehm aus. Das macht: er ist ganz von Palästen umrahmt. Am mächtigsten wirkt die breite Stirne der alten Königsburg mit dem großen, weißen Vorplatz, hinter dessen barocken Gittern der unermüdliche Wachposten auf und ab pendelt. Das Stammhaus des Fürsten von Schwarzenberg und ein anderes, etwas langweiliges Gebäude schauen wie in steter Verbeugung begriffen herüber, und zur Rechten des Schlosses wacht in etwas protziger Pose der neugestrichene Palast des Erzbischofs über die kleinen Wohnhäuser der Prälaten und Domherrn, die sich nahe an ihren mächtigen Patron heranschmeicheln. An einer Ecke nur, zu seiten der Burg, wo die Schloßstiege und die steile Spornergasse münden, ist eine Lücke geblieben, und tief drinnen liegt in herrlichen Panoramen, zwischen den Laurenziberg und das Belvedère gedrängt – Prag – dieses reiche riesige Epos der Baukunst. Voll Licht und Leben spannt es sich aus vor den Augen des Hradschin und zu seinen alten fügen sich immer würdig neue, glänzende Strophen. Am anderen Ende der Häuserreihe, die einerseits durch diesen lichten Lugaus begrenzt erscheint, liegt ein armes, einstöckiges altes Gebäude, das tagaus tagein dasteht mit den Händen vor den Augen und nichts schauen will von der nahen Pracht. Die Kinder der ganzen Umgebung gehen mit scheuem Schauern an seinem ernsten Schweigen vorbei, und lassen sie sich mal von diesem Hause erzählen, so schlafen sie wohl die ganze Nacht nicht oder sie haben heiße Träume, in denen blasse Nonnen seltsame Dinge thun. Freilich, das mußte der jungen Phantasie aber auch Flügel geben, zu hören, daß die Barnabiterinnen, welche für immer in diesen grausamen Mauern ihr stummes Sterben leben, auch untereinander nie ein Wort tauschen, und sich nicht einmal soviel Sonne schenken dürfen, als Eine in dem Auge der Anderen finden kann; daß sie ihre, von bangen Gebeten zerrissene Nacht in den Brettersärgen überstehen mußten, in denen man sie endlich – wohl nicht in zu langer Zeit – in das Stück Erde legte, das im Innersten der dunklen Wände sein sollte und zu dem gewiß niemals der Frühling fand. Der Bruderorden dieser Barnabas-Büßer ist längst ausgestorben. Die halbzerfallenen Schädel der beiden letzten Genossen liegen auf einem Steinaltar in den vergessenen Gruftkatakomben von Santa Maria della Victoria und genießen die gebetlose Ruhe des Vermoderns. Aber die Schwestern sind viel zäher im Leiden. Als vor etwa fünfzehn Jahren zum letztenmal die rostige Rast der Thürangeln gestört wurde, da wollten weißhaarige Leute aus der Nähe, Betschwestern mit nicht ganz zuverlässigem Gedächtnis – wollten wissen, daß zu den sieben noch lebenden Schwestern eine achte hinzugekommen sei – aber das waren doch nur ziemlich haltlose Vermutungen. Wohl aber hatten auch jüngere und scharfsichtigere Menschen in den Wagen geschaut, welcher das neue Opfer brachte und diese beschworen, daß dies ein ganz junges Mädchen von unbeschreiblicher Schönheit und Vornehmheit gewesen sei und sagten, es sei sündhaft, diese Fülle seltener Anmut in dem schrecklichsten aller Klöster verwelken zu lassen. Und sie sagten noch manches; das Manche aber war Geschwätz, das sich auf die Gründe bezog, welche diesen frühen Lebensabschied hervorgerufen haben mochten; da baute man große romantische Geschichten auf, die verschiedensten Dolche blitzten in den unterschiedlichsten bengalischen Feuern, und die dämonischesten Prinzen aller Ammenmärchen sogen Lebensmöglichkeit aus diesen Vermutungen. Man wußte natürlich gewiß, daß irgend ein lautes und fürchterliches Ereignis hinter diesem Entsagen stünde und vergaß wie immer, daß es vielleicht ein ganz leises Erleiden, eine jener tiefen, lautlosen Enttäuschungen gewesen sein konnte, welche den zartesten Seelen die dunkelgewußte Gewißheit geben, daß Gipfel und Abgründe des Erlebens vorüber sind, und daß nun die weite, weite Ebene mit den kleinen Gräben und lächerlichen Hügeln beginnen würde, durch die zu wandern so müde macht. Das schöne müde Kind kam aus dem hohen finstern Fürstenhaus in der Spornergasse, in dem auch Bohusch seine scheuen Knabenspiele spielte, und der Tag, an welchem der geschlossene Wagen die Prinzessin Aglaja ihrer neuen einsamen Heimat zuführte, war auch für ihn, den damals Halbreifen, ein Abschnitt. Eigentlich konnte er sich gar nicht vorstellen, wie die Prinzessin zu jener Zeit aussah; er trug in seinem Innern ihr Bild aus den Tagen, da ihr goldenes Lachen wie eine verirrte Schwalbe durch die ernsten Hallen flatterte und sich endlich, der steifen und entsetzten Engländerin zum Trotz, in den freien Weiten des rauschenden Parkes verlor. Dort begegneten die beiden Kinder einander ziemlich oft und schwatzten und scherzten und haschten einander, wie es eben Kinder thun, die einen Zwang losgeworden sind: Aglaja ihre Gouvernante und Bohusch seine stille treue Traurigkeit. Es folgten dann Jahre, in welchen der Portierssohn die inzwischen Dame gewordene Gespielin nicht sah, und so kam es, daß er in seinem Erinnern den Tag ihres Entsagens hart an jene Stunden jubelnden Kindseins schob und den Effekt empfand, als würde einmal der glänzendste Tag in die allertiefste Nacht, der reichste Sommer in den trostlosesten Wintertag verändert – ohne Übergang. Er stand vor einem Geschehen, dessen Rücksichtslosigkeit ihn schreckte und dessen Bedeutung geeignet war, ihm für immer die Meinung zu nehmen, daß Reiche und Bevorzugte gleichsam die Verbündeten des Schicksals sind, das nur dem armen Teufel feindlich und gehässig begegnet. Ein ganzes Bündel Vorurteile fiel ihm damals mit einemmale aus den Händen, etwas von einer Weltanschauung, von einer Religion wurde ihm geschenkt, Keime, welche in ihm hätten reifen können und vielleicht auch aus ihm heraus, wenn er mutiger gewesen wäre. Aber was Thaten hätten werden können, die aus einem starken Körper frei und festlich herauswachsen, wurden bunte, seltsame Träume in dem armen Buckligen, scheue Schwärmereien, welche eine immer kleinere Welt betrafen und endlich nur eine schmale Gloriole waren um das Bild der Prinzessin. Seine hilflose Dankbarkeit schmückte dieses Bild so lange, bis aus dem lachenden, lieben Kinde eine bleiche, heimliche Geliebte und aus der Geliebten eine verehrte Heilige wurde, welche der Jungfrau

Maria sehr ähnlich sah und ganz darin aufging, die seltenen Wünsche des Bohusch anzuhören und alle mächtigen Eigenschaften, welche seine unermüdliche Phantasie ihr zuschrieb, geduldig anzunehmen. Und wie viel hatte der Bohusch dadurch vor allen übrigen Gläubigen voraus, daß seine Heilige, wenngleich aller Welt unerreichbar, dennoch lebte und von ihm wußte als von einem Mitwisser ihrer Kindheit, welche sie als einziges Juwel in die ewigen Mauern doch mitgenommen haben mußte. Dieses Verhältnis erfuhr nicht die geringste Störung, als der Bucklige die Frantischka seine Geliebte nannte, denn damals war das Gottwerden Aglajas schon so weit vorgeschritten, daß ihre verklärte Gestalt hoch über allen kleinen Trieben und schwülen Träumen stand. Ihr widmete sich Bohusch nur einmal im Jahre und zwar am grünen Donnerstage, an welchem die Kirche des Klosters der Barnabiterinnen jedem Besuche offen steht. Diese kleine, dunkle und ziemlich schmucklose Kirche ist hinter dem Hauptaltar durch eine Wand ganz abgeschlossen, jenseits welcher die Ordensschwestern an dem öffentlichen Meßamte teilnehmen. An dem Tage vor dem christlichen Leidensfreitag – und nur an diesem Tage – sickern die Stimmen der Nonnen ganz leise durch die Altarmauer und senken sich wie ein fernes Wehklagen auf die wenigen Beter. Dann geht ein Lauschen, ein banges Atemeinhalten, ein Erschauern durch die kleine Gemeinde, der Priester am Altar unterbricht seine Gebete, die Ministrantenbuben schauen ängstlich in die schwarzen Ecken des Raumes, und die dunklen Bilder an den Wänden erwachen. Da zerreißt die scharfe Ministrantenglocke den Bann. Die Bilder an den Wänden sind wieder tot, der Priester neigt sich über den Kelch und die Frommen rücken in den Bänken, schneuzen heftig und flüstern: »Es war so schwach, sind es denn noch acht?« und dann zuckt man die Achseln und seufzt und schneuzt sich.

So war es auch an diesem grünen Donnerstag. Der Bohusch kniete ganz vorn und harrte, bis seine Heilige rufen würde. Er hatte den Ton ihrer Stimme nicht vergessen und glaubte immer ganz bestimmt, ihren Gesang in dem fernen Chorlied zu erkennen. Er fing ihn auf und löste ihn aus dem Ganzen los, wie einen Seidenfaden aus verblaßten Geweben. Er nahm ihn gleichsam vorweg und ließ nur den Rest zu den anderen Lauschern gelangen. Aber heute wußte er beim ersten Ton: sie fehlte. Und wie seine Furcht es leugnen mochte, er wußte: sie fehlte. Und er lehnte sich weit vor, und seine Angst spähte und erwürgte jedes kleinste Geräusch – aber immer sicherer war ihm: sie fehlte, und endlich in grenzenloser Bangigkeit streckte er die Hände aus, weit, weit – und lauschte mit allen Fingerspitzen . . . sie fehlte. Und da schrie es auf in ihm, zugleich mit der Ministrantenglocke, nur einmal schrie es auf, und dann brach er zusammen in der harten Bank wie einer, den sein Gott verläßt.

Der Maler Schileder war der erste, welcher eine große Veränderung an Bohusch bemerkte. Er dachte flüchtig über deren mögliche Ursachen nach, blieb aber ganz im Unklaren. Auch seine Frau Mathilde wußte keinen Rat. So vergaßen sie das Erstaunliche, bis eines Vormittags, kurz nach dem Ostersonntag, Pátek im Atelier eintrat und sagte: »Unverschämtheit.« Schileder legte Pinsel und Palette aus der Hand, betrachtete den Erregten, der, ohne den Hut abzunehmen, auf und niederlief: »Guten Morgen, was ist dir denn?« Der Novellist aber sagte nur noch einigemal »Unverschämtheit«, blieb dann stehen und wollte mit großer Behutsamkeit den tadellosen Cylinder auf einen Stoß staubiger Mappen niedersetzen. Vorerst tippte er mit dem behandschuhten Zeigefinger an und zog ihn ein, als hätte er einen glühenden Ofen berührt. Er balancierte mit rührender Hilflosigkeit den Hut zwischen beiden Handflächen her und hin und sah den Maler mit einem Blicke des Vorwurfs an: »Bei dir ist ja alles voll Staub,« zögerte er, »man kann ja gar nichts ablegen«. Endlich sah er sich geborgen, setzte sich und erzählte nun in ziemlicher Unordnung, er käme aus dem »National«, dort sei man beisammen gewesen und allerlei hätte man besprochen. »Hast du keine Cigarette?« unterbrach er sich und fuhr erst, nachdem Schileder ihn befriedigt hatte, fort. Man hätte also allerlei besprochen. Und der – nun der »verunglückte Proletar« hätte sich in so auffälliger und vordringlicher Art an den Erörterungen beteiligt, daß er, Pátek, sich endlich doch verpflichtet fühlte, diesem vorlauten Menschen ein für allemal eine Lehre zu geben. »Hast du keinen Cognac?« fragte er in diesem spannenden Augenblick. Er stürzte den Cognac hinunter und sagte mit einer Grimasse, während er sich mit den Armen emporstemmte und ans Fenster trat: »und weißt du, was der Mensch wagt? Er widerspricht. Hast du das schon gehört, er widerspricht. Nicht allein das, er beleidigt mich. Er hat die Stirne, mich zu beleidigen.« »Was hat er denn gesagt?« forschte der Maler. »Das weiß ich nicht.« Schileder sah ihn erstaunt an, so daß er schnell, nicht ohne Verlegenheit, hinzufügte: »Ja, glaubst du, ich hab' Zeit, mir solchen Unsinn zu merken; daß ich mich seiner schämte, oder so was. Thatsache ist – stell' dir vor: er beleidigt mich. Wie sollte man sich dieses Menschen nicht schämen!« Der vornehme Novellist schien noch einen Augenblick heftig entrüstet, fand aber schon Interesse an Schileders Arbeit, betrachtete das und dies und hob vorsichtig zwischen Daumen und Zeigefinger verschiedene Blendrahmen, die zur Wand gekehrt dastanden, in die Höhe. Schileder duldete das gutmütig und war auch nicht erstaunt, als der junge

Mann sich bald in der allerheitersten Laune verabschiedete. Pátek that es immer so. In einer kurzen, mehr oder minder effektvollen Scene setzte er sich mit einem ärgerlichen Ungefähr auseinander, wurde damit ganz und gar fertig, »überwand es«, wie er sich auszudrücken pflegte. Das hinderte den großen Überwinder nicht, die Bohusch-Geschichte an demselben Vormittag noch fünfmal und zwar in immer vorteilhafterer Beleuchtung zu erzählen, so, daß die fünfte Version, welche in dem Boudoir einer modernen Operettensängerin blieb, die graziöse Darstellung einer dualistischen Weltphilosophie enthielt, deren gutes Prinzip sich sieghaft in der mondänen Gestalt des Erzählers verkörperte. – Und was schließlich zum Teil durch eigene Erfahrung, zum Teil durch die Verbreitungen Páteks alle wußten, hatte einen wahren Kern: Bohusch war ein anderer geworden. Seine Geliebte und seine Heilige hatten ihn verlassen. Da wurde er gewahr, daß er diesen beiden Gestalten so viel aus sich gegeben hatte, daß nun nur ein ganz kleiner Rest sein eigen blieb. Er kämpfte noch ein paar Stunden, ob er dieses letzte Gut unangetastet in die Moldau werfen sollte, oder ob sein Kapital doch noch groß genug war, um es in der großen Bank des Lebens nützlich anzulegen. Während dieser Erwägung fiel ihm plötzlich ein Wort ein, welches den Ausschlag gab. Rezek hatte an jenem denkwürdigen Abend zu ihm gesagt: »Vielleicht braucht Sie das Volk noch einmal.« Rezek hatte freilich auch gesagt: »Wenn Sie vernünftig sind.« Und daß er jetzt vernünftiger war als je zuvor, dafür wollte Bohusch einen Eid ablegen. Auch mutiger war er. Er dachte vieles und sprach was er dachte, wo es nur anging, in etwas altmodischen, langgedrechselten Sätzen aus und war bei solchen Gelegenheiten sein eigener aufmerksamster Zuhörer. Nur ganz selten, wie aus Vergeßlichkeit, wurde er scheu und schweigsam; er fürchtete sich selbst vor diesen Augenblicken, in welchen der alte Bohusch mit seinen leisen goldenen Gedanken wie ein Gespenst vor ihm stand und ihn bat, in die stille Traurigkeit der früheren Tage zurückzukehren. Aber der Bohusch blieb standhaft. Er war den ganzen Tag im Café und auf der Straße, sang, pfiff und lachte, daß die Leute sich nach ihm umsahen, stand vor den Schaufenstern, ohne etwas anderes zu betrachten, als das unruhige Spiegelbild seiner eigenen Häßlichkeit und war wie einer, der etwas erwartete, was nicht alle Tage geschieht. Fast instinktiv suchte er vor allem Rezek zu begegnen. Ihm war, er müßte von s e i n e m Munde das vernehmen, was d a s Ereignis für ihn werden sollte. Allein nirgends konnte er des Studenten habhaft werden. Aus seiner Wohnung war dieser fortgezogen, ohne irgend eine Adresse anzugeben, und im »National« wollte ihn keiner gesehen haben. »Er ist ein eigentümlicher Mensch,« meinte Norinski einmal. Schileder nickte, aber der neue Bohusch höhnte: »Er ist dumm« und lachte sein altes, armseliges Lachen, in das keiner einstimmte.

Am Abend dieses Tages geschah das Seltsame. Bohusch, welcher auch seine alte Mutter mehr und mehr vernachlässigte, kam später als sonst nach Hause. Er ging, ein brennendes Zündholz in die Höhe haltend, ein paar Stufen aufwärts. Sein Blick durchforschte das dicke Dunkel des engen, winkeligen Flurs. Da war ihm, als ob die Kellerthüre nicht ganz verschlossen wäre; er tastete hinzu, versuchte, öffnete sie behutsam und glitt mit seltener Entschlossenheit die bekannten Kellerstufen abwärts. Seine Gestalt löste sich ganz auf in der feuchten Finsternis, aus der ferne fremde Laute ihm entgegenschlugen. Erst als er, immer lautlos längs der kalten Wand hintastend, das Holz zur Seite geschoben fand und bemerkte, daß aus dem geheimen Gang ein scheuer Lichtschimmer ihm entgegenkam, empfand er Furcht. Aber ein anderes, mächtigeres Gefühl zwang ihn näher heran. Erst lauschte er den Stimmen nebenan, und als er nichts verstehen konnte, schob er sich mit einer unwillkürlichen Bewegung, deren Geschicklichkeit ihn überraschte, in die Öffnung nur so weit, daß er den Rahmen füllte, ohne in den Raum jenseits hineinzuragen. Was er zunächst erkannte, war nicht weit vor ihm auf dem Boden eine große Laterne, welche ein sattes Licht ausgoß, das auf den Fliesen schwamm wie eine dünne, verschüttete Flüssigkeit. Rings an den Grenzen dieser Lichtlache junge Männerfüße und mitten im Kreis die Füße eines jungen Mädchens. An diese klammerte sich sein Blick an, kroch langsam an einem Kleide von unbestimmter Farbe aufwärts und fand in der Dämmerung zwei lichte lebendige Mädchenhände, die in heftigen Gesten den Worten zu Hilfe kamen, die Bohusch immer noch nicht verstehen konnte. Aber die Hände verstand er. Er begriff plötzlich, daß diese wilden Hände an irgend etwas rüttelten, daß sie irgend ein Unrecht stürzen wollten mit ihrem jungen, heiligen Ungestüm. Und er begann diese Hände zu lieben. Sachte hob er den Kopf und suchte das Gesicht zu diesen geliebten Händen. Sein Auge kämpfte einen hastigen, hartnäckigen Kampf mit den neidischen Schatten, welche die kaum entdeckten Züge immer wieder verwischten, bis es endlich siegte. Er erkannte die Carla. Und nun verharrte er, und sein staunender und bewundernder Blick ließ, dem Dunkel zum Trotz, nicht mehr von dem schönen, begeisterten Antlitz des jungen Mädchens; er saugte die Worte von ihren Lippen, so lange bis sie für ihn einen eigenen Klang bekamen, und das war der aus dem Traume: »Ich lieb' ihn so . . . ich lieb' ihn so . . .« Das alles geschah in einem Augenblick. Und die nächsten Minuten brachten das: das junge Mädchen sprach immer leiser und leiser, wie jemand, der immer weiter zurückweicht, die Worte, die noch eben so bunt und stolz von ihren Lippen strömten, schlichen nackt und ziellos in das Dunkel, schämten sich, und ihre Augen blieben leer an irgend etwas unten haften und löschten langsam aus. Eine Bewegung entstand. Die Blicke der Hörer folgten dem ihren, und eine Sekunde lang hielt das große, starre Auge des Bohusch alle gefangen. Nur eine Sekunde, dann kam ein Entsetzen über sie, sie empörten sich wie rebellische Sklaven, die Menge flüchtete mit verstörtem Flüstern und wilden Flüchen in die Tiefe des Ganges, und das Licht sprang dem Bohusch ins Gesicht wie eine gelbe Katze. Da erwachte er und bebte. »Rezek!« schrie er.

Der neigte sich über ihn.

»Bohusch, Hund! Spionierst du?« kreischte er.

Bohusch verdrehte die Augen. Er fürchtete sich vor dem Studenten.

»Spionierst du?« brüllte der.

»Rezek!« brüllte der Krüppel noch lauter aus der Tiefe seiner Angst heraus. Ihm fiel nichts anderes ein, als dieser Name. Dabei schmerzte ihn seine Lage in dem engen Loch, und er fühlte, wie ihm das Weinen der Verzweiflung kam. Da half ihm der Student in die Höhe, und sofort bereute er seinen Kleinmut, dachte an seine Pläne und sagte mit arg mißglückter Überlegenheit: »Ich weiß alles.« (Er meinte damit die beiden zornigen Mädchenhände.) »Du hast also gehorcht?« drohte der Student aufs neue. Da wagte Bohusch nicht ohne Bangigkeit: »Rezek, aber Rezek, seien Sie doch nicht so – bitte, seien Sie doch nicht so. Bin ich denn nicht auch einer, was? Ich versteh' das doch, nicht? Ich bin ja doch auch mit euch – von Herzen mit euch.« Der Student betrachtete ihn mit rücksichtsloser Spannung, und der Bucklige wurde ganz hilflos unter diesem durchdringenden, erratenden Blick. Er sagte noch einigemal dasselbe, ehe ihm die Rettung einfiel: »Ohne mich hätten Sie das ja überhaupt nicht gefunden.« Er meinte den Keller. »Ich hab' ja gewußt, daß Sie's brauchen können – und wozu« betonte er mit verlogener Schlauheit. Und der Student ließ sich täuschen. Er sagte mit kurzem Entschluß: »Hand!« und »Schweigen«. Mit einem gewissen Selbstbewußtsein legte der Verwachsene seine kurzen Finger in die Hand des Fanatikers; ohne Zustimmung, ohne Betonung war sein Händedruck. Er wußte sich Sieger und hub an, Bedingungen zu stellen. Weit holte er aus, er würde hier unten, unter ihnen, auch reden für Volk und Freiheit. Oh, er hätte gar bedeutende Pläne. Nur müsse Rezek ihm zusichern, daß er hier reden dürfe. »Ja,« sagte der Student und betonte nochmals: »Schweigen!« – Bohusch nickte gleichgültig drüber weg und forderte: »Also gewiß – ich werde hier reden?« Der andere gab ihm die Vertröstung und schob ihn zur Thür. Er fürchtete diesen Krüppel wohl nicht sehr und erhoffte noch weniger etwas von ihm; er war ihm einfach lästig. Von der Treppe rief er ihn nochmals zurück. Er sagte zum drittenmal »Schweigen« und hielt dem Grinsenden etwas hin. Erst wollte Bohusch greifen danach, – dann erkannte er: die harte, grausame Hand des Studenten, und aus der drohenden Faust ragend, ein dünnes, langes, spitzes Messer, an dessen Klinge das Licht der Laterne hinfloß wie welkes Blut. Und so sehr Bohusch sich anstrengte, – er konnte nicht mehr sein Lächeln finden. Er erzwang eine verzweifelte Grimasse und stieg frierend die Treppen aufwärts zu seiner Wohnung. Und der Morgen war nah. –

Seither schlief der Bohusch keine Nacht mehr. Er wartete Tag und Nacht, bis Rezek ihn rufen würde und sann, was er dann alles zu sagen hätte. Viel, viel! Das Feinste mischte sich in seinen Phantasien mit dem Gröbsten, und wenn es ihm j e t z t schien, er müsse davon reden, wie man armen Waisen ins Leben helfen könnte, war er in der nächsten Sekunde überzeugt, daß er denen da unten raten, daß er ihnen befehlen würde, Kirchen und Paläste zu stürmen. Ja, vor allem die Kirchen! Aber immer, was auch seine Rede war, sah er sich als Mittelpunkt dieser Gruppe, als der Herr, dem die schöne Carla und viele starke junge Männer ehrfurchtsvoll und blind gehorchten. Er fühlte sich als der längst Mißkannte, der nun endlich zu Wort und Würde kam und ging durch die Uferlosigkeit seiner Zeit, in welcher Nacht und Tag in ein gleichmäßiges graues Hindämmern zusammengeschmolzen waren, erfüllt von dem Wunsch, alle zu dieser Betrachtung seiner Persönlichkeit hinzulenken. Seine treulose Heilige hatte sich, feige, durch ewige Mauern vor seiner Liebe geschützt und vor seiner Rache, aber der Frantischka, die seinen Ruhm wohl auch bald von dem Munde Carlas vernehmen würde, wollte er die Möglichkeit geben, seine Vergebung zu erlangen. Er überlegte, ob er sie aufsuchen sollte und schrieb endlich stückweis im Verlaufe von zwei Nächten und drei Tagen einen Brief an die unwürdige Geliebte. Seine schmeichelnde und geleckte Kanzleischrift war in diesen Blättern gleichsam wild geworden. Die meisten Buchstaben sahen aus wie übermütige Karikaturen des Schreibers, welche zum Überfluß noch durch Kleider und Kappen seltsamster

Art ihr Narrentum bezeugen und sich gegenseitig, jedes hinter dem Rücken des nächsten verhöhnen und auslachen. Im ersten Teile dieses weitläufigen Schreibens versicherte er sie, ganz im Geiste der mittelalterlichen Souveräne, seiner guten und gnädigen Gesinnung, im zweiten erzählte er in seltsam endlosen und vielverschnörkelten Satzbildern von der Bedeutung seiner geheimen Mission und im dritten verhieß er: »Da hingegen das große Geheimnis und die unbeschreibliche Wichtigkeit meiner Aufgaben mir zu meinem tiefsten Bedauern ganz unmöglich und unerreichbar macht, Dich an der Versammlung, welche die Freiheit meines Volkes und meinen eigenen Ruhm begründen helfen soll, teilnehmen zu lassen, lade ich dich ein, am – (da war ein nahes Datum genannt) um 6 oder 7 Uhr abends bei mir zu sein. Vor dir und der Mutter will ich dann reden, soviel ich reden darf, ohne Verräter zu sein, nicht an Personen, denn die fürchte ich nicht, aber an der herrlichen, hohen und gerechten Sache . . .« und unterzeichnet war diese langwierige Einladung – das kam so von ungefähr aus der überangestrengten Feder: »König Bohusch. Gegeben zu Prag«. – Als der Bucklige das noch einmal durchlas, mußte er lächeln, und er war fast im Begriff, die Bogen wieder zu vernichten. Dann dachte er: nein, wenigstens ein guter Spaß ist es, das ist es gewiß, versiegelte das Schreiben und trug es selbst auf die Post. Als er es in den Kasten fallen hörte, atmete er tief auf. –

Die Frantischka hatte nichts geantwortet; aber eigentlich hatte Bohusch das auch gar nicht erwartet. Er war überzeugt davon, daß sie kommen würde und, fast gedemütigt, den neuen Bohusch finden sollte, dessen Freundschaft ihr nun gewiß wie ein großes und unverdientes Geschenk erschien. Langsam und zögernd wollte er ihr vergeben, und dann würden sie am Sonntag wohl nicht mehr auf die Malvasinka gehen, sondern irgend wohin, wo sie sich zeigen können, unter viele Menschen in den Baumgarten oder in den Stern. – Das alles dachte Bohusch nur ganz flüchtig in den wenigen Pausen, in welchen ihn das Große nicht beschäftigte, das nunmehr seine Pflicht, sein Leben geworden war. Es war eine aufreibende Pflicht, diese vielen, wichtigen Dinge, die er so nach und nach in den armen Jahren gedacht hatte, nun alle auf einmal zu denken, alle auf einmal zu überschauen und dann der Reihe nach auszusprechen. Es war ein solches Gedränge von Meinungen, Erinnerungen und Plänen in ihm, daß immer ein ganzer Schwarm von seinen Lippen wollte, wild und rücksichtslos wie Leute aus einem brennenden Theater. Dann machte der Bohusch ein strenges Gesicht und befahl überlegen: »Ruhig, eins nach dem anderen. Es kommt ein jeder daran.« Und gerade bei solchen Gelegenheiten geschah's, daß die ganze Menge plötzlich verschwand, einfach zerfloß, und der Bohusch ganz öde im Kopfe und außer stande war, etwas zu denken oder gar zu sagen. Erst wenn er ein paar Gläser heißen Tschaj getrunken hatte, war das bunte Gesindel wieder da, und der Bucklige freute sich und lachte, bis ihm die Augen voll Thränen standen. Die Unrast seines Wesens war dabei immer größer geworden. Er las viel Zeitungen und alte Bücher, schrieb ganze Hefte voll mit seinen lächerlichen Lettern und schlief mitten zwischen diesen Beschäftigungen, gleichviel ob tags oder nachts, in einem Café oder in einer Kirche, selten zu Hause, ein paar Augenblicke scheuen Schlafes, aus welchem er bald wie erschreckt emporfuhr.

So kam der Morgen jenes Tages heran, an dem Bohusch der Mutter und der Frantischka, welche beide an seinem eigentlichen Triumph nicht teilnehmen durften, die abendliche Rede versprochen hatte. Die Nacht war ihm in verschiedenen Gasthäusern und Spelunken vergangen, und jetzt schlich er matt, übernächtig an den Häusern hin und starrte blöde und teilnahmslos in den dichten rosigen Frühnebel des Frühlingstags. Wenige Menschen begegneten ihm. Beim »Pulverturm« kamen ihm zwei Dienstmädchen entgegen, mit großen Einkaufskörben, lachend und plaudernd, und ihre Augen waren so frisch und erwacht, ihre Kleider und Schürzen noch steif vor lauter Neusein. Ein wenig weiter überholten ihn zwei Infanteriesoldaten. Sie schritten stramm aus, ihr Schritt klappte in heiteren Takten auf dem Pflaster, und die Knöpfe ihrer Waffenröcke stahlen der Sonne frühe Strahlen und warfen sie dem Bohusch keck in die schläfrigen Augen. Dann pfiff irgend ein übermütiger Bäckerbursche dem Buckligen ins Gesicht und lachte laut hinter ihm her, und ein Schutzmann sang sich irgend etwas, während die Federn seines Hutes ein wenig wehten. Rollläden rauschten auf und die Spiegelscheiben gaben sich ganz der Sonne und brannten in weißen Flammen. Durch dieses frische, fröhliche Aufleben kroch der Verwachsene, bleich, verkommen, mit ganz verdrücktem Hemde und schmutzigen Kleidern, und er war wie eine giftige, gräßliche Kröte, die man mitten in süß duftenden Beeten entdeckt. Er merkte auch nichts von allem Glanz, als daß er ihn störte, ja er wußte vielleicht kaum, daß es Frühling und Morgen war. Je reifer indessen dieser Morgen wurde, desto mehr fiel eine gewisse Unruhe auf, die alle Menschen zeigten. Leute, die sich täglich zu dieser Stunde grüßten, ohne miteinander zu sprechen, blieben stehen, machten besorgte oder erstaunte Gesichter, zuckten die Achseln und drückten sich endlich mit einer bestimmten konventionellen Dankbarkeit die Hände, um zehn Schritte weiter wieder angehalten zu werden. Man hatte offenbar das

Bedürfnis, sich etwas mitzuteilen, was alle anging und interessierte. An der Ecke der Ferdinandstraße las ein Dienstmann in einem Kreise von Männern und Dienstmädchen eine Stelle des »*Tschesky curir*«, und ein Stück weiter trat ein älterer Herr aus einem Kaffeehause und sagte zu seinem Begleiter in deutscher Sprache: »Ganz gefährliche Leute sind das. Man sollte . . .« Was man sollte, war nicht mehr zu verstehen. Der Herr ging ziemlich selbstbewußt auf sehr glänzenden Schuhen weiter und der Jüngere neben ihm nickte bei jedem Wort, bestätigte es ergebenst; er schien ganz der gleichen Meinung zu sein. Als Bohusch in die Nähe des »National« kam, erkannte er hinter einem Fenster Norinski, der den anderen, die man nicht sehen konnte, etwas in seiner heldenhaften Art zu erklären schien. Eine Weile zögerte der Bucklige. Dann trat er nicht ein, sondern ging den Quai hinunter nach seiner Wohnung. Er war müde.

Norinski war indessen zu Ende gekommen. Er trank mit einer verschwenderischen Pose seinen Kaffee aus – es hätte ein Giftbecher sein dürfen – und sagte groß: »Niemand von euch wird sagen, daß ich kein guter Tscheche bin. Und ich werde keine Gelegenheit unbenützt lassen, auch die elenden Deutschen vom Gegenteil zu überzeugen. Soll mir nur einmal einer kommen. Ich will dem Herrn den Kopf schon zurecht setzen. Aber diese Geschichten dürft ihr nicht so aufbauschen. Das ist nichts. Das sind Kindereien, ihr könnt mir das glauben.« Damit erhob er sich, blieb sein Frühstück schuldig, verschenkte die großmütigen, dreiaktigen Händedrücke und begab sich hocherhobenen Hauptes hinüber in seine Garderobe. Die Zurückgebliebenen rückten intim zusammen, und Karás begann die verschiedenen ganz kurzen Zeitungsnotizen vorzulesen, welche sich auf den Vorfall bezogen. Alle sagten ungefähr das gleiche: die Polizei war durch die Anzeige eines Frauenzimmers einem Bunde junger Leute, Studenten und Handwerksgesellen, auf die Spur gekommen, welche in den Kellerräumlichkeiten eines Hauses der Hieronymusgasse geheime Zusammenkünfte abhielten, bei denen hochverräterische Reden die Tagesordnung bildeten. Interessant sei es, zu betonen, daß auch Mädchen an diesen Versammlungen teilgenommen haben sollen. Und deutsche Blätter freuten sich noch über die Zerstörung dieser schändlichen Verbrecherbrut und bedauerten nur, daß durch das trotzige Schweigen der in Gewahrsam gebrachten Genossen das geistige Oberhaupt dieser Verschwörung bis jetzt noch nicht in den Händen der öffentlichen Sicherheit sei, was aber, dank der trefflichen Übung und Scharfsichtigkeit der Schutzmannschaft, gewiß nicht allzulang ausbleiben würde. Und endlich, fügten die deutschesten Zeitungen noch hinzu, erhofften sie, daß man an diesen jungen Verbrechern und Hochverrätern endlich das lang erwartete Exempel statuieren und mit rücksichtsloser Schärfe vorgehen würde. Das alles las man im »National«. Schileder war ehrlich entrüstet: er sprach etwas von dem Mut der jungen Leute und davon, daß sie nicht nur Worte machten, schöne Worte, sondern auch handeln wollten. Er konnte es nicht gut ausdrücken und schwieg verschüchtert, als er keine allzu lebhafte Beistimmung fand. Einen Augenblick nickten sie ja alle, die Freunde, und legten irgend ein kleines Wörtchen, wie ein verschämtes Almosen in die Hand der Gerechtigkeit. Aber schließlich, sie sahen sich alle um – man war so verlockend allein und da konnte man ja so ein paar Geständnisse thun. Pátek verurteilte kurzweg diese Höhlenromantik, welche doch nicht mal mehr in den Romanen Berechtigung hätte und der Lyriker Machal, der nur eine ganz unbestimmte Ahnung von dem Vorgefallenen hatte, gähnte und warf zwischen je zwei Gähnversuchen ein, daß die ganze Sache ihm brutal erscheine, furchtbar brutal. Karás, der mit jedem Tage sich kosmopolitischer fühlte, hielt eine längere Rede, während welcher sein »Adamsapfel« wie ein zweifelgequälter Laubfrosch auf und nieder stieg. Sein Ende war, daß man nach außen hin von wegen der Lage der Dinge, die Ansicht, daß diese jungen Leute nicht allein Märtyrer ihrer Idee, sondern die gefallenen Helden einer nationalen Sache seien, mit allen Mitteln aufrecht erhalten müßte, daß er selbst aber – hier – nicht umhin könne, derartige Unreifheiten, er sagte geradezu – Unreifheiten – halbwüchsiger Burschen zu verdammen. Man sei doch zu gebildet dazu, man wüßte doch schließlich, daß man seine Rechte durch große nationale Bethätigungen im Leben und auf dem politischen Theater (ein Wort, welches Karás auch in seinen Feuilletons beständig gebrauchte) eher bewahren könne, als durch solche Ungehörigkeiten. Er hatte wohl noch ein paar geläufige Phrasen im Vorrat, aber er hörte plötzlich auf. Er wußte selbst nicht warum. Die anderen schauten auf, und da stand Rezek vor ihnen. Der Student, in dessen blassem Gesicht die dunklen Augen brannten, übersah die Hände, die man ihm entgegenstreckte. Er hatte vielleicht die letzten Worte des Kritikers vernommen, aber er erwiderte nichts, setzte sich ruhig an seinen gewöhnlichen Platz und trank seinen Tschaj. Seine harten Hände zitterten leise. Man wagte nicht zu sprechen. Endlich hub Pátek an, von einem neuen Buch zu reden, und die Künstler verloren sich ganz in diesen Erörterungen. Es handelte sich um Novellen im Stile Maupassants, welche ein junger Kollege erscheinen lassen wollte. Da waren noch einige Schwierigkeiten in der Geldfrage und in anderen Verlagssachen, und man beriet, ob man dem Autor zu Hilfe kommen sollte. Der mächtige Karás war nicht sehr geneigt dazu. Da rief Pátek entrüstet: »Aber ich bitte Sie, das ist eine nationale Sache!«

Rezek erhob sich mit einem eisigen Lächeln: »Seid ihr Tschechen?« fragte er.

Alle schwiegen und sahen sich verlegen an. Schileder war aufgestanden.

»Seid ihr Tschechen?« wiederholte der Student.

Karás beschwichtigte: »Was fällt Ihnen ein, Rezek? Provozieren Sie nicht.«

»Aber reif seid ihr? Was?« fuhr der fort. »Reif und fertig.«

»Er ist betrunken,« flüsterte Machal verächtlich.

Rezek ballte die Fäuste. Aber er hielt sich zurück: »Ich weiß ja, daß ihr gewohnt seid, gerechten Zorn für gemeine Trunkenheit zu halten. Ich weiß. Aber sagen will ich euch nur, das Volk ist nicht reif, und wenn ihr euch so fertig fühlt, so seid ihr seine Feinde, seid Verräter.«

»Ich bin Offizier,« sagte Pátek mit banger Stimme und trat vor.

Rezek hielt ihm die Faust vors Gesicht und ging, ohne ein Wort, an ihm vorüber aus dem Saal. –

Bohusch konnte die Frantischka nicht vor sechs oder sieben Uhr, wie er es in seinem Briefe bestimmt hatte, erwarten; gleichwohl fragte er seit drei Uhr, warum die Geliebte immer noch nicht käme, war gegen vier im Begriffe, sie abzuholen und unterließ es ungern und zögernd aus Stolz oder sonst aus einem Grunde. Unruhig lief er, die Hände auf dem Rücken, in den kleinen Stuben umher, in welchen dichtgedrängter Urväterhausrat, wie man ihn allzu reichlich aus der Portierswohnung mitgenommen hatte, dieses Her und Hin ziemlich erschwerte und blieb nur dann und wann bei dem Fenster stehen, an welchem eine kleine alte Frau saß und nähte.

»Mutter,« stieß er endlich gequält heraus, »du mußt sie holen gehen!«

Die Alte nickte, hob die große runde Brille von den Augen und nickte. Sie dachte keinen Augenblick nach: natürlich, sie mußte die Frantischka holen gehen. Und sie vertauschte die Haube mit dem Hut und zog ein gelbes, gutes Shawl um die schiefen Schultern. »Du kannst ja sagen, du gingst gerade vorüber, du . . . ach Gott – na, du gingst eben gerade vorüber. Nicht? Warum könntest du nicht zufällig dort vorübergehen? Es gehen sicher viele Menschen dort vorüber.« Bohusch lachte abgebrochen. »Na, so sag' doch,« fuhr er in ungeduldigem Zorne auf, »ist das möglich?« Frau Bohusch nickte ganz verschüchtert: »Weißt du, ich will erst in die Kirche gehen, nebenan. Ich kann dann sagen, ich war in der Kirche . . .« Sie zögerte noch. Der Bohusch dachte längst an andere Dinge. Er sah die alte Frau kaum mehr und erstaunte fast, als er bei seinem Auf- und Niederwandern vor ihr stand. Das gelbe Tuch war unerträglich grell in der Nachmittagssonne. Sie schauten sich eine Weile schweigend an, diese beiden kleinen, verkümmerten Menschen. Dann trippelte die Alte zur Thür und nickte und nickte. Plötzlich war der Bohusch bei ihr. »Maminko,« sagte er, und seine Stimme war wie die eines kranken Kindes. Und die alte, verängstigte Frau verstand. Sie wuchs, sie wurde reich, sie wurde Mutter. Durch dieses eine leise Wort wurde sie so. Alle Bangigkeit in ihr war Güte mit einemmal, und, die noch eben so unbeschützt und hilflos aussah, war mächtig, wie sie nun sachte die Arme ausbreitete, und dem Bohusch war es wie eine Heimkehr. Er schmiegte den großen schweren, wirren Kopf an ihre Brust, er schloß die heißen Augen, er ging unter in dieser unendlichen, tiefen Liebe. Er schwieg. Und da begann etwas in ihm zu weinen. Er hörte ganz genau, wie es anhub. Es mußte ganz tief in ihm sein, so leise war es. Es that auch nicht weh. Und da öffnete er neugierig die Augen; er mußte sehen, wo das weinte. Und sieh: es weinte gar nicht in ihm; die Mutter war das. Da konnte der Bohusch die Lider nicht mehr schließen: Thränen warteten dahinter; viele Thränen. – Es war auf einmal so festlich in der Stube. Die Dinge um die beiden armen Menschen herum bekamen ein Glänzen, wie sie es nie besessen hatten, auch in ihren fürstlichen Tagen nicht. Jedes Kännchen, jedes Gläschen in der steifen Etagère hatte mit einemmal sein Licht und prahlte damit und wollte Sterne spielen. Da kann man sich denken, daß es sehr hell wurde in der Stube.

Dann schlug die Uhr, vorsichtig, als bedauerte sie es thun zu müssen. Aber sie schlug doch fünfmal, und die Mutter ging.

»Wohin denn?« bangte der Bucklige.

»Ich muß die Frantischka holen.« Da fiel dem Bohusch alles wieder ein. Er zögerte und sagte dann fast traurig: »Ja so, du mußt die Frantischka holen.«

Das war der Abschied.

Als der Bohusch allein war, begann er wieder das nervöse und rastlose Schreiten. Da und dort, wie im Vorübergehen, stellte er etwas zurecht, fegte den Staub von der Tischplatte und verlor sich unversehens darin, seine Schriften und Bücher zu ordnen. Dabei war ihm ganz warm geworden. Und als er sein heißes Gesicht irgendwo in einem Spiegel fand, erstaunte er. Er trug, um die Schultern geschmiegt, das grelle gelbe Seidentuch der Mutter. Das war doch drollig. Er wollte lachen, vergaß aber darauf und mit unwillkürlichen Bewegungen des Behagens vergrub er seinen Rücken noch mehr in die sanften Falten. Er fühlte sich müde und ließ sich in der guten Stube, schwer und breit, in die geblumten Kissen des steifen Kanapees fallen, welches mit dem ovalen Tisch gerade die Mitte des Raumes erfüllte. Er sann und sann. Das arme festliche Kanapee klagte unter ihm. Da sprang er auf, strich mit einer gewissen Zärtlichkeit die gehäkelten Schutzdeckchen glatt und blieb in einem der Stühle, welche zu seiten standen. Sein Gesicht, welches manchmal knabenhaft sein konnte, alterte jetzt von Minute zu Minute unter dem Einflusse seines angestrengten Nachdenkens, es wurde geradezu zerfressen von den Falten, welche darüber hinkrochen und sich einbohrten wie Raupen in eine kranke Frucht. Wußte er denn auch alles, was er sagen würde? Eine unbestimmte Angst hing über ihm. Er fühlte sich so verlassen, schwindlig, wie einer, den man auf einem hohen Turm vergessen hat. Er tastete nach einem Halt. Und in der nächsten Weile bildete er sich ein, er störe auch die Ordnung, die festliche Ordnung des Zimmers, dadurch, daß er auf d i e s e m Platze wartete. Er erschrak über seine Vermessenheit. Er schlich immer weiter zurück und kauerte endlich auf einem hochbeinigen Stühlchen in der Ecke der Stube, nahe bei der Thüre. Da kam Ruhe über ihn. Er dachte: So, nun ist es vorüber; ich habe ja alles schon gesagt und er wußte doch, daß er nur geweint hatte, und das ist etwas anderes wie eine Rede, so ein Weinen. Dennoch beharrte er trotzig: Ich habe alles gesagt, die Mutter weiß alles – »und du auch« – ergänzte er laut und suchte die Augen der gelben Katze, welche ihm langsam und listig aus der anderen Ecke entgegenkam. Keine Kralle kreischte auf der braunen, glänzenden Diele. Lautlos kam das Tier näher, es wurde groß, es wurde größer, und als es so war, daß der Bohusch darüber hinfort gar nicht mehr in die stille, feierliche Stube schauen konnte, da schlief er. Und er hatte wohl Träume. Denn er sagte mit einer Stimme, die ferneher klang: »Das ist es, Rezek, bitte – das ist das Geheimnis: der Maler muß das Volk malen und ihm sagen: du bist schön.« Da fiel ihm der Kopf vornüber und er zwang ihn nur mühsam wieder empor. »Der Dichter muß das Volk dichten und ihm sagen: du bist schön.« Er seufzte im Traume: »Schön sein ist es.« Dann begann ein Lächeln in seinen Mundwinkeln, ein gutes, frommes Lächeln, das wuchs über das Gesicht des Schlafenden und machte es wieder jung. Er hauchte noch: »Ich werde es nie verraten«, und dann wurde sein Traum so tief, daß kein Wort daraus mehr bis auf seine Lippen kam.

Die Thüre ging. Der Bucklige schlug aber die Augen erst auf, als Rezek ihn rauh am Halse packte und nahe kreischte: »Hast du geschwiegen?« Der Bohusch fühlte dieses Wort auf seiner Wange ganz heiß. Seine Hände wehrten krampfhaft ab, aber in seinen Augen war noch immer kein Verstehen. Sie lächelten noch. Sie lächelten den schrecklichen Rächer an, bis sie starben. Und dann glitt das gelbe Tuch über den armen Körper und deckte den Bohusch und sein Geheimnis zu. –

Die Geschwister.

Mittags waren in dem alten Haus gegenüber der Maltheserkirche – drei Treppen hoch – die neuen Mieter eingezogen, und bis zum Abend wußte man nur, daß sie ungewöhnlich große Möbel mitgebracht hatten, die in den engen Windungen der Wendeltreppe fast stecken geblieben wären. Und die alte, triefäugige Hökin, die nahe, unter den dunklen Steinlauben saß, konnte sich kaum beruhigen in Erinnerung der riesigen Eichenschränke und beschwor die Nachbarn, ihr zu glauben, daß es »hochherrschaftliche« Schränke gewesen seien. Diese Versicherung bewirkte, daß eine ungewöhnliche Unruhe die vielen kleinen Parteien des bewußten Hauses in Atem hielt: jeden Augenblick kam aus irgend einer der weißlakierten Thüren, auf deren jeder um ein Blech- oder Glasschild herum sich ein paar schmutzige Visitenkarten drängten, ein unordentliches Frauenzimmer heraus, lauschte die Treppe aufwärts, und fuhr beschämt zusammen, wenn es da schon auf andere Horcher stieß, welche ebenfalls in Schrecken sich zurückziehen wollten, bis die gleichgesinnten Seelen einander erkannten und ihre hungernde Neugier durch dunkle Vermutungen nur noch mehr anreizten.

Plötzlich aber wurde die weibliche Bewohnerschaft aus dem engen Treppenhaus, welches wie eine Wirbelsäule durch das Gemäuer aufwuchs, nach den Hoffenstern hingezogen. Tief unten in dem röhrenförmigen Hofe, wie am Grunde eines Brunnens, begann ein Leierkasten schluchzend die Melodie aus dem »Bettelstudent«, und zugleich waren auch schon – man wußte nicht woher – ein paar Kinder dabei, welche um den alten Saufbold einen wilden und seltsamen Tanz aufführten. Die Töne aber kamen nach gequältem Ächzen wie ein Rülpsen aus den trockenen Orgelkehlen, schienen emporzuschnellen und wie unsichtbare Lassoleinen an den verschiedenen Hälsen zu ziehen, welche in ganz unglaublicher Länge aus allen Lucken und Küchenfenstern herauswuchsen und als ein bizarrer architektonischer Schmuck die Kahlheit der Wände unterbrachen. Die Frauenzimmer, welche sich da von hüben und drüben begrüßten, sahen einander in der Dämmerung zum Verwechseln ähnlich; ihre Gesichter schienen alle, wie ein vorsichtiges Mimicri, die unbeschreibliche Mißfarbe der Mauer angenommen zu haben und auch in Bewegung und Stimme war eine so überraschende Einheitlichkeit zu bemerken, daß sie mehr als zugehörige Organe dieses Hauses, denn als freibewegliche Einzelwesen erscheinen mochten. Man könnte nun leicht glauben, daß die Aufmerksamkeit der vielen Köpfe dem erbärmlichen Leierkasten gehörte, – denn manche nickten sogar den Takt mit; in Wahrheit aber wuchsen alle Augen ganz sachte zu dem Küchenfenster des dritten Stockes, und manch leichtgläubiges Ohr glaubte dessen Riegel klirren zu hören. Allein die Drehorgel hatte sich mit einem Galopp, zu dem ein kleiner schwarzer Rattler die Begleitung heulte, erschöpft, der Spielmann brüllte seinen Dank und schlürfte mit schweren Schritten davon. Der helle Schwarm der Kinder zog wie eine Kette hinter ihm her, und mit einemmale fühlten alle die Stille und das Dunkel des dumpfen Hofes. Aber gerade in diesem eigentümlich lauschenden Augenblick ging das ersehnte Fenster fast unhörbar auf, und die alte Magd Rosalka neigte sich weit vor. Fast alle Köpfe tauchten unter, nur eine kecke, ungeduldige Stimme schrie: »Na, seid ihr schon fertig eingezogen?« Die Magd Rosalka nickte nur und gerade als der Leierkasten in einem nächsten Hause leise etwas sehr Wehmütiges begann, setzte sich die Alte wie ein großer, trauriger Vogel ins schwarze Fenster und ließ nachlässig, als wären es Kartoffelschalen, Stück für Stück die Lebensgeschichte ihrer Herrschaft in den horchenden Hof hinunterfallen. Und wenngleich jetzt niemand an den Fenstern zu sehen war, so ging doch keines von ihren breiten Worten den Mauern verloren, aus denen nur dann und wann eine ermunternde Frage aufstieg. Eine Stunde nachher, als sie bei den Malthesern Ave läuteten, kannte auch die alte Hökin unter den Steinlauben das ganze Schicksal der Försterswitwe Josephine Wanka und ihrer beiden Kinder und gab es ihren letzten, täglichen Kunden, dem Gerichtskanzlisten Jerabek und dem Lakaien Dvorak nebst den »hochherrschaftlichen« Schränken mit.

Aber vielleicht hätte es gar nicht der Generalbeichte der Alten gebraucht, um dem Durste der Frauenzimmer genugzuthun. Denn die drei Menschen, die aus dem kleinen Krummau in die Hauptstadt übergesiedelt waren, trugen ihre Erinnerungen und Erlebnisse gleichsam über den Kleidern, so daß man nur anzustreifen brauchte, um ein Stück davonzutragen. Zum Teil lag dies wohl an dem Gebrauche der kleinen Stadt, drin sich jeder mit seiner Freude schmückt und sein Leid auch möglichst sichtbar mitträgt; wer so unklug ist, da nicht mitzuthun, dem wird beides aus dem heimlichen Versteck von den unbarmherzigen Händen der Nachbarn herausgezerrt, und er mag sehen, ob er in dem von Haß und Hohn entstellten Gerücht seine leise Freude oder seinen stillen Kummer wiedererkennt. Bei der Familie Wanka mochte aber diese Freimütigkeit zunächst darin ihren Grund haben, daß das jüngste und folgenreichste Ereignis ihres Lebens immer noch – obwohl ein Jahr seither vergangen war – über ihnen lag. Besonders bei den Frauenzimmern merkte man noch die Spuren des Schicksals, gleichsam die Abdrücke seiner brutalen Griffe in ihren Gesichtern und man hörte die Angst, welche immer irgendwo im Hintergrunde ihrer Stimme wartete, um sich plötzlich ohne Grund über alle Worte auszubreiten. Nur der etwa zwanzigjährige Sohn, Zdenko, hatte etwas Ernstes und Verschlossenes in seinem strengen Gesicht, das ihn schnell aller Sympathien beraubte; der Umstand allein, daß er – so hörte man schon in den ersten Tagen – Student der Medizin sei, verursachte, daß man ihm an Stelle der Zuneigung eine gewisse trotzige Achtung schenkte, die er jedoch nicht zu bemerken oder abzulehnen schien. Aber wenn die Frauen in ihrem Wesen sich auch fortwährend verrieten, behielten sie gleichviel etwas Kühles den dienstwilligen Hausgenossen gegenüber, und seit jenem ersten Tag waren Wochen vergangen, ohne daß eine von den Nachbarinnen die Stuben der Frau Försterswitwe betreten hätte. Dieses war, dank seiner schweren Erreichbarkeit, nach und nach zu einem von allen im Wetteifer angestrebten Ziele geworden, und man scheute keine List und kam bis in die späten Abendstunden, von Wankas einen Zuckermörser oder einen Korkzieher, den man merkwürdig oft verlegte, oder endlich den Bodenschlüssel entleihen, Dinge, welche man meistens davontrug, nebst dem Ärger, nicht über die Schwelle des Wohnzimmers gesehen zu haben.

Diese hoffnungslose Hartnäckigkeit stand in keinem Verhältnis zu den ursprünglichen Geständnissen der alten Magd, und es war begreiflich, daß man von ihrem Entgegenkommen alles weitere erwartete; doch auch sie schien schweigsamer und mißtrauisch zu werden und begann, wenn man sie bedrängte, immer wieder die eine Geschichte zu erzählen, welche längst alle kannten: von dem Märzmorgen, an dem die Holzknechte den Revierförster Joachim Wanka, von Wilddieben erschossen, aus dem Walde heimgebracht hatten. Und daß sein Gesicht voll erstarrten Zornes war und dunkel, gleichsam ganz im Schatten der buschigen Brauen dalag und wie seine Fäuste sich nicht mehr lösten, auch in den vielen Thränen nicht, so daß der Förster wohl seine liebe Not haben würde – einmal – am jüngsten Tage zu thun, als sei er die ganze Zeit mit fromm gefalteten Händen dagelegen. Dann bekreuzte sich die Alte mit gewohnheitsmäßigem Ungefähr und versicherte zum Überfluß, sie habe aus Träumen und Zeichen längstbevor das ganze Unheil gewußt und auch daraus, daß der Herr Julius Cäsar im Krummauer Schloß wieder umgegangen sei und es dem Kastellan geschah, daß in einem Armstuhl der Kaiser Rudolf ihm gegenübersaß und, den Kopf in die Hand gesenkt, über das nächtliche Moldauthal fort in die Sterne sah.

Wer solches nicht glauben mochte, den pflegte die alte Rosalka kurzweg zu verachten; denn sie hielt das für einen Mangel von Bildung und Erfahrung und für eine von den vielen üblen Folgen jener Kultur, die »in der Großstadt« immer mächtigere Fortschritte macht. Sie konnte dann auch nicht umhin, am Abend, wenn Frau Wanka mit ihrem Sohn gar ernste und bedachtsame Gespräche zu führen schien, die Tochter Luisa, welche so ganz überflüssig mit großen, verlorenen Augen dabeisaß, heimlich in die Küche hinauszuwinken und sie vor dem sündigen Munde der Ketzer zu warnen, welche vor nichts mehr Scheu hätten – vor keinem Kirchhof und vor keiner Mitternacht, ja, nicht einmal vor beiden zusammen. Und da war über ein Kurzes jene Stimmung heraufbeschworen, in der die Alte sich zu Hause fühlte: die Dinge rundum, vom steifen Küchenschrank bis zu dem plumpen Waschtrog, welche eben noch so nüchtern dagestanden hatten, begannen mit einemmale lauschend zu werden, und es war, als rückten sie, um kein Wort Rosalkas zu verlieren, näher und näher an die beiden Frauen heran, Geräusche erwachten wie von Schritten, und ohne Grund lachte eine von den alten Blechpfannen: »plink!« Dann hielt die Magd ein und mit klopfendem Herzen verfolgten beide den silbernen Ton und ihnen geschah, daß eine unsichtbare Uhr irgend eine bedeutsame Stunde geschlagen hätte. Und manchmal ging die alte Küchenlampe, wie im Einverständnis mit Rosalka, gerade während dieses Hinhorchens aus, und die satte Dämmerung wurde schwer und schwül von tausend taumelnden Möglichkeiten. Luisa, welche immer ganz stumm in einer Ecke saß, wurde kleiner und kleiner diesen Mächten gegenüber; sie schien sich aufzulösen und nichts zurückzulassen als zwei ängstliche große Augen, welche den Spukgestalten mit einem gewissen gläubigen Vertrauen nachgingen. Es war dann wie in dem großen Maskensaal des Krummauer Schlosses, dessen Wände bis hoch zur gewölbten hallenden Decke hinauf mit lebensgroßen Gestalten bemalt sind. Ein französischer Maler soll vor vielen hundert Jahren diese Karnevalsgruppen so geschickt, in so reichem und überraschendem Wechsel komponiert haben, daß man – selbst am lichten Tage – hinter jeder Figur immer noch neue, phantastisch verkleidete Gäste auftauchen sieht. In Krummau aber weiß man ganz bestimmt, daß solches nicht an dem Verdienste des Malers, sondern an dem seltsamen Umstand liegt, daß die Ritter und Damen zu einer gewissen Stunde zu erwachen beginnen, um das Schauspiel jener einen fernen Nacht zu wiederholen. Aus den Wänden steigend, erfüllen sie den Saal mit ihrem schimmernden Gewimmel. Bis die riesigen Grenadiere an der Saalthüre die Hellebarden hart an den Boden stoßen: da ordnen sich die Reihen. Ein Donner rollt über sie hin. Mit seinem wilden, schwarzen Sechsgespann ist Prinz Julius Cäsar, des zweiten Rudolf heimlicher Sohn, an der ragenden Rampe vorgefahren und kaum einen Atemzug später steht er, schwarz und schlank, mitten unter den Gästen, die sich tief, tief verneigen, wie eine Cypresse im wehenden Ährenfeld. Dann mischt die Musik die Menge, eine fremde Musik, welche bei dem Aneinanderstreifen der kostbaren Kleider zu entstehen scheint und wachsend, sich breit und brausend aus den Massen erhebt, wie die Melodie eines Meeres. Und da und dort teilt der Prinz mit einem Wink die glänzenden Wellen, verschwindet in ihnen, steigt an der anderen Ecke stolz aus ihnen empor, läßt sein leuchtendes Lächeln wie einen Sonnenblitz über sie hingleiten und schleudert ein helles, übermütiges Wort, gleich einem köstlichen Ring, nach dem alles hascht, mitten ins Gewoge hinein. Und unter dem wilderen und wühlenden Hin und Wider wächst die heimliche Lust. An eines silbernen Ritters Seite erkennt der Prinz ein blasses, blaues Fräulein und fühlt zugleich: die Liebe zu ihr, den Haß für ihren Begleiter. Und beides in ihm ist rot und rasch. Und er hat den silbernen Ritter wohl zum König gemacht; denn dem fließt über den blanken Panzer ein Purpur nieder, immer breiter und blutender, bis er stumm zusammenbricht unter der Last des fürstlichen Mantels: »Es geht manchem König so,« lacht ihm der Prinz in die sterbenden Augen. Da erstarren die festlichen Gestalten vor Grauen und blassen langsam und bang in die verlöschenden Wände zurück, und wie ein fahles Felsland steigt der verlassene Saal aus den letzten leuchtenden Wellen. Nur Julius Cäsar bleibt zurück, und das gierige Glühn seiner heißen Augen versengt dem blassen Fräulein die Sinne. Aber wie er sie greifen will, entreißt sie sich seinen zwingenden Blicken und flüchtet in den schwarzen, hallenden Saal; ihr leichtes, blaues Seidenkleid bleibt, zerfetzt, wie ein Stück Mondlicht in den wilden Fingern des Prinzen, und er windet es sich um den Hals und würgt sich damit. Dann tastet er ihr nach in die Nacht hinein und jubelt plötzlich auf. Er hört, sie hat die kleine Tapetenthür entdeckt und er weiß: nun ist sie sein; denn von da giebt es nur einen Weg: die schmale Turmtreppe, die in das kleine duftende Rundgemach mündet – hoch im Moldauturme. Und mit übermütiger Hast ist er hinter ihr, immer hinter ihr, und er vernimmt nicht ihren verscheuchten Schritt, aber wie einen Glanz sieht er sie bei jeder Wendung der Treppe vor sich her. Da faßt er sie wieder, und jetzt hält er das zarte, angstwarme Hemdchen in der Hand, nur das Hemdchen, und seinen Lippen und Wangen ist es kühl. Es schwindelt ihn, und wie er seine Beute küßt, lehnt er zögernd an der Wand. Dann mit drei, vier Tigersprüngen taucht er hinauf in die Thür des Turmgemachs und – erstarrt: hoch vor der Nacht ragt, nackt, der reine weiße Leib, wie vom Fensterrande aufgeblüht. Und reglos sind sie beide. Aber dann, eh' er's noch denkt, heben sich zwei helle, kinderzarte Arme in die Sterne hinein, als wollten sie Flügel werden, es verlischt etwas vor ihm, und vor dem hohen Fensterbogen ist nichts mehr als hohle heulende Nacht und ein Schrei . . .

»Und du bist wirklich achtzehn?« sagte Zdenko und neigte sich über sein erschrockenes, weinendes Schwesterchen, welches, ganz klein und scheu, in dem Winkel der Küche kaum zu finden war. »So kommen dir deine alten Gespenster auch her, nach Prag, nach? Oder hat Rosalka sie in ihren Töpfen und Pfannen mitgebracht?« Die alte Magd wandte sich grollend ab. »Ja,« zögerte Luisa, »ja,« und atmete stockend auf, »zuerst, wie wir herkamen, hab' ich gedacht, ich bin sie los. Wie ich die hellen Häuser gesehen habe und die breiten Gassen, da war mir ganz frei und fröhlich; hier aber auf der Kleinseite ist es fast noch schlimmer als bei uns. Nicht?« Und langsam schaute sich das Mädchen um. Zdenko aber zog sie hinter sich her in die helle Wohnstube. »Natürlich, wie ich's gesagt habe,« rief er seiner Mutter entgegen, – »während wir hier reden, ist sie schon wieder bei der alten Hexe draußen und ganz aufgeregt von dem ewigen Unsinn.« Frau Josephine schüttelte leise den Kopf mit den breiten, grauen Scheiteln und sagte: »Wann wirst du denn mal vernünftig werden, Kind?« Sie nähte ruhig fort an weißen Leinenstücken, und in dem Korb neben ihr wartete noch viel Arbeit. Doch nach einer Weile legte die Witwe die zerstochenen Finger in den Schoß und sah der Tochter ins Gesicht. Luisa hatte, von der hellen Lampe geblendet, die Augen geschlossen und in ihrem zarten blassen Gesichtchen war eine so deutliche Angst zurückgeblieben, daß die Mutter erschrak. Es fiel ihr mit einemmale auf, wie schwach und schmächtig das Mädchen war, und ob sie überhaupt Kraft genug haben würde, im Leben einmal ganz ohne Halt und Hilfe aufrecht zu bleiben. Die gütigen, blaßblauen Augen der Mutter trübten sich in Thränen, es konnte aber auch von der Anstrengung sein; denn das Weißnähen ist eine mühselige Arbeit, und die Lider der Frau Wanka waren stets ein wenig gerötet davon. Luisa, die den Blick gefühlt haben mußte, ging nach einer Weile daran, der Mutter zu helfen. So waren beide Frauen über das Linnen gebeugt, und die Hängelampe beleuchtete grell den grauen und den blonden Scheitel. Jetzt sagte Zdenko: »Ich weiß nicht, ich bilde mir immer ein, die Luisa ist so klein geblieben vor lauter Ehrfurcht. Wirklich. Es kann so sein. Wenn einer immer, von ganz klein auf, lauter so große Dinge sieht wie sie, – denkt euch nur das Schloß auf dem steilen Felsen, diese hohen Höfe, die großen Kanonen auf den Schanzen und endlich in den Sälen – Stühle und Bilder und Vasen – alles wie für Riesen gemacht – dann wächst er diesen Dingen entweder nach . . .« (Frau Wanka sah ihrem

Sohn lächelnd ins Gesicht und nähte dann eifrig weiter) »oder – er verliert überhaupt allen Mut, ihnen nachzuwachsen. Denn er muß sich denken: so groß werd' ich ja doch nie. Und vor lauter Schauen und Staunen vergehen die Tage, und man vergißt auf sich selbst und darauf, daß diese Dinge doch eigentlich nur ein Beispiel sind. Glaubst du nicht, Luisa?«

»Vielleicht,« nickte die Schwester und unterbrach nicht ihre Arbeit.

»Ich hab's ja auch mal empfunden, daß einen das drücken kann – als Bub.« Zdenko sah über die Frauen fort ins Unbestimmte. »Aber dann kommt einmal der Ruck, da man sich vor alledem auf die Fußspitzen stellt, statt davor hinzuknieen, und hat man das erst einmal weg, dann ist's nicht mehr lange bis zum Drüberhinsehen. Und glaubt mir, das macht alles aus. Nur immer alles überschauen. Der zu höchst steht, ist immer der Herr. Ich hab es immer schon ganz deutlich geahnt, was unsere Zeit so verworren macht und so unsicher; aber jetzt seit ich hier in der Stadt bin und viele Menschen sehe – weiß ich's: daß keiner drüber steht. Ihr sagt mir, das ist falsch: über der Stadt ist der Bürgermeister und über ihm der Statthalter und der muß wieder zum König ein gut Stück hinaufsehen und der König zum Kaiser und dieser zum Papst. Der Papst aber reicht trotz seiner dreimalhohen Krone immer noch nicht bis zum lieben Gott hinauf, meint ihr. Ich denke, das kommt davon, daß man das Ding meistens vom verkehrten Ende ansieht. Mir scheint, ganz tief unten ist der liebe Gott und ein wenig über ihm der Papst und so fort. Oben aber ist das Volk. Das Volk aber ist ja nicht eines, das sind viele; sie stoßen und schieben einander, und es verstellt einer dem anderen die Sonne. Da mein' ich halt immer, – irgend einen müßten sie von Zeit zu Zeit in die Höhe heben, nicht zu hoch (er könnte leicht hinunterfallen bis dorthin, wo der König ist oder der Kaiser), aber doch so, daß er ihre starken und treuen Schultern unter sich fühlt und mit ruhigem Bedacht eine Weile lang hinschauen kann über ihre Köpfe. Wenn er dann wieder unter ihnen steht, wird er wie aus der Heimat zurückgekehrt sein und seinen Brüdern sagen können, wo die Sonne aufgeht und wie lang es noch währen mag bis dahin – und so manches mehr. So aber . . .« Zdenko verdeckte seine Augen mit der Hand. Dann erhob er sich heftig: »Mua, laßt jetzt die Plackerei und geht schlafen; es ist spät. Die Lampe wird auch gleich verlöschen.« Seine Stimme war rauh. Er bemerkte erst jetzt, daß Luisa nicht mehr über das Weißzeug geneigt dasaß; ihre Augen brannten ihm entgegen, groß und leuchtend wie nie. Und seltsam, er sah sich in diesen Augen und richtete sich stolz und stark auf wie vor einem Spiegel.

Seine Mutter aber nähte immerzu mit rüstigem rastlosem Mühen, und Zdenko hatte ganz plötzlich das Bedürfnis, zu ihr hinzutreten und ihr die Hände zu küssen.

Es war nicht Mißtrauen, welches die Magd Rosalka still und schweigsam gemacht hatte den Hausgenossen gegenüber. Alten Leuten ergeht es oft so, wenn sie aus der gewohnten Kleinhäuslichkeit ihrer Provinzstadt vertrieben, sich in einem neuen Orte zurechtfinden sollen; sie können sich den größeren Maßstäben nicht anpassen und sind wie aus einer engen Stube in einen hallenden Saal versetzt, drin ihre heimlichsten Worte wie von unsichtbaren Chören laut nachgesprochen werden, während ihre vielen heftigen Gesten sich in der Weite dieses teilnahmslosen Raumes zu verlieren scheinen. Im Anfang gefällt ihnen das der Neuheit wegen, aber bald fühlen sie es wie eine Anstrengung, die, ohne genügenden Lohn, entmutigend wirkt und lassen von einem Morgen an die Hände im Schoß und die Worte auf der Zunge liegen. Es kommt nämlich noch dazu, daß die Leute auf dem Lande um ein tüchtiges bescheidener sind. Da genügt es, einmal ein recht ansehnliches Unglück gehabt zu haben, um für alle Zeit, bis zum letzten gottseligen Tage, das achtungsvolle Bedauern der Bekannten wie eine lebenslängliche Rente zu beziehen. Aber »in der Großstadt« sollte man ja – grollte die Alte – um halbwegs obenauf zu bleiben, mindestens wöchentlich einmal einen Vater verlieren und alle drei Wochen von der Treppe oder aus dem Fenster fallen. Sie gedachte mit betrübten Augen ihrer »Stellung« in Krummau und konnte es ihrer Herrschaft nicht verzeihen, daß sie, um dem Zdenko die Universität zu ermöglichen, nach Prag übergesiedelt wäre. Sie vergönnte es der Frau Förster, daß sie nun selbst ein paarmal der Woche in »Häuser« gehen mußte, um durch Weißnäharbeit zu ihrer kleinen Pension und dem fürstlich Schwarzenbergschen Gnadengehalt das hinzuzuverdienen, was der neue Haushalt und die Heranbildung des Sohnes verlangte. Sie wußte auch, daß Frau Wanka dem Zdenko jedes Opfer bringen würde und den dunkeln Wunsch hatte, in ihm einen »studierten Doktor« zu sehen, welches für Rosalka als das ungebührliche Streben einer zügellosen Hoffart, um derenwillen man sich dreimal bekreuzen mußte, erschien.

Anders faßte man dieses Trachten der Witwe in dem Hause der Frau Oberst a. D. Meering von Meerhelm auf, wo die Försterin jede Woche einmal, und zwar am Montag, dem Wäschetag, die

Putzwäsche ausbesserte. Frau Charlotte Meering lobte nämlich den Eifer der Mutter und tadelte dabei nur, daß Zdenko Wanka die böhmische statt der deutschen Universität bezogen hätte. Dieser einleuchtende Mißgriff war Schuld, daß man ihn nie zu sich bitten konnte. Vergebens versicherte die Witwe, daß das ganz im Sinne ihres armen seligen Mannes geschehen sei, der ein guter Tscheche gewesen wäre; die Oberstin lächelte nur vornehm und konnte, wie sie sich ihrem Gemahl gegenüber ausdrückte, »die Beschränktheit dieser Leute nicht verstehen.« Dafür durfte Luisa die Mutter manchmal abholen kommen und, wenn sie versprach, nur deutsch zu sprechen, 10 Minuten mit den Meeringschen Kindern, einem fünfzehnjährigen Rangen und der etwan 3 Jahre jüngeren Lizzie »spielen«. Der Erfolg war freilich immer ein entgegengesetzter d. h. die beiden Geschwister stürzten sich auf das scheue und ängstliche Mädchen und begannen es, wie irgend ein Ding, zu schieben und zu stoßen, bis Frau von Meering meist gerade in dem Augenblick in die Thür der Kinderstube trat, da Luisa an einen Schrank gebunden, ein weißes Opfer darstellte, während ihre Sprößlinge sie mit wildem Siegesgeheule, nach Indianersitte, umsprangen. Da war es nun nicht erstaunlich, daß Luisa sich diesen Besuchen keineswegs entgegenfreute und dankbar war, wenn die Mutter ihr verstattete, sie im Flur oder in der Straße zu erwarten. Manchmal kam dann gerade der Herr Obrist an ihr vorbei nach Hause und blieb, da er die Schrecken des Wäschetags vermeiden wollte, noch einen Augenblick vor dem Mädchen stehen. Der kleine, etwas dickliche Herr, der einen großen Ehrbegriff inwendig und einen großen Orden auf der Außenseite seiner Brust trug, blies mit einiger Behaglichkeit seinen Schnurrbart auf und leitete das kurze Gespräch immer also ein:

»Warten auf den Herrn Bräutigam, gnädiges Fräulein?«

Darauf wurde Luisa jedesmal so rot, als die schlechte Beleuchtung der Gasse es notwendig machte. Der alte Herr freute sich daran und erkannte von einemmal zum nächsten immer deutlicher die Köstlichkeit seines Witzes, den er beim Abendessen, natürlich nachdem die Kinder zu Bette waren, gerne seiner Lotti wiederholte. Sonst wußte er ohnehin nicht viel zu erzählen. Denn es lag etwas Versonnenes in seinem Wesen, welches man auch durch dieses Beispiel beleuchten kann. So hat er mehr als fünf Jahre darüber nachgedacht, was der Wink, den man ihm zeitweilig von »oben« gab, bedeuten mochte. Verstanden hat er ihn freilich erst viel später, als das rastlose Winken höherenorts schon eine Art von Sturm hervorgerufen hatte, welcher endlich den Herrn Obristen von dem gefährlichen Gipfel eines Regimentskommandos sachte in das beschauliche Thal des Ruhestandes herunterwehte, in dem er sich nun – nach wie vor sinnend – erging. Er war ein Mann, der die Tiefen des Lebens nach den schauerlichen Abgründen alter Kalendergeschichten bemaß und sich oft verwunderte, wie hoch er, allen Fährlichkeiten zum Trotz, auf der irdischen Rangleiter emporgekommen war. Seine gerechte Gesinnung teilte aber nicht nur ihm selbst rückhaltlose Anerkennung zu, er wußte jeden nach Wert und Würden zu behandeln. Seit er erfahren hatte, daß der verstorbene Wanka fürstlicher Förster gewesen war und daß auch Frau Josephine dann und wann im Schlosse Frauenberg die Kammerfrau vertreten mußte, sah er die Witwe gerne in seinem Hause und fühlte einen Hauch indirekter Fürstenhuld von dieser Familie ausgehen.

Wenn Frau Wanka an diesen Montagabenden endlich mit müden Augen aus dem Thor des Meeringschen Hauses trat, küßte sie die Tochter, und die beiden Frauen gingen, meist ohne ein Wort zu tauschen, durch die lebhaften Gassen der Neustadt der steinernen Brücke zu. Erst wenn sie aus der lauten Brückengasse in die schmalen, kaumbeleuchteten Zweiggäßchen eingelenkt waren, löste sich ihre Stimme, und sie begannen leise und langsam von Zdenko zu reden, wie zwei Spieluhren, die zaghafte Lieder träumen mitten in der Nacht. Über ihren Gesprächen war eine treue, rührende Zärtlichkeit, die um so inniger klang, als sie niemals in die Worte herunterstieg, aber die Frauen ganz erfüllte, ihre Bewegungen verschönte und ihr Lächeln leuchtender machte. Seit jenem Abend, da Luisas Augen sich so seltsam entzündet hatten an den heißen Worten des Bruders, war er für sie ein Anderer geworden, ein Mächtiger; und wenngleich die Liebe, die Frau Wanka ihrem Sohne bewahrte, tieferen Quellen entsprang, so verstanden Mutter und Tochter einander doch in dieser lauschenden und leisen Sprache und sagten einander darin mit vielen Worten etwa dieses: er ist ein Anderer geworden.

Sie hatten recht damit. Eine freudige Erregung war über den jungen Menschen gekommen. Die Freundschaft mit dem Wald und die rüstige Ruhe seines Vaterhauses hatten ihn beschenkt, immer und immer wieder, und was man dafür von ihm wollte, war so lächerlich gering gewesen. Wenn er die Jahre vor des Vaters Tode überdachte, war er jetzt geneigt, zu glauben, er hätte eigentlich nur einen einzigen Tag gekannt, der, zufrieden und satt, hinter jeder Nacht immer wieder hervorkam – bis zu dem ersten schweren Schmerz: dem gewaltsamen Tode des teuren Vaters. Hinter dem lag etwas lebloses und leeres, das wie ein Ausruhen war oder wie ein Vergessen. Aber mitten drin – so empfand er das, – war dann eine

Thüre, ein Thor irgendwo aufgegangen, und nun stürmten sie herein, lauter junge und bunte Tage, die ihm in ungeduldigem Heischen die Hände hinhielten. Was war er ihnen dankbar für ihr Begehren! Wie ein Heimgekehrter stand er da, der Gaben austeilt nach allen Seiten, und die Dinge sind weither und jeder der Beschenkten weiß sie zu verwenden. Wanka hatte das Gefühl, daß die ganze Welt aus seiner Tasche lebte, und es sollte ihr nicht schlecht gehen dabei. Er war immer in einem Kreise junger Leute zu finden, denen er ernste und lose Einfälle in buntem Durcheinander hinwarf, und sie fanden alle genug darin, um ihre Tage damit zu füllen und ihre Nächte. Er bemerkte nicht das Ziellose in diesen jungen Köpfen; denn er hatte selbst kein Ziel, weil er tausend hatte und heute dieses, morgen jenes zu greifen vermeinte. Diese Art zu leben brachte ihn mit einer großen Menge Menschen in Berührung und allen gab er sich mit derselben Treue hin, und wenn er sich einmal wieder recht an einem eigenen neuen Gedanken begeistert hatte, so glaubte er es den Menschen danken zu müssen, welche ihn mißtrauisch umstanden. Nach und nach wurde er stiller, hörte nun auch die Gegenreden aufmerksam an und fand, daß er eigentlich nicht im stande war, ihnen zu antworten. Langsam begann er einzusehen, daß alle seine Begeisterungen Bruchstücke eines großen Monologes waren und dieses Erkennen ernüchterte und vereinsamte ihn sehr.

Nächtelang saß er jetzt schweigend an dem Stammtisch des Nationalcafés, an welchem Männer verkehrten, die älter und ernster waren als er und von denen er glaubte, daß sie an der Spitze des Volkes ständen. Es waren Dichter und Maler, Schauspieler und Studenten. Sie hatten alle etwas in ihrem Gehaben, was ihn früher stark abgestoßen hatte, allein er suchte sich daran zu gewöhnen. Nach dem Theater fanden sie sich müde und mürrisch zusammen und wenn sie sich begrüßten, lächelten sie einander mitleidig zu. In ihren Kleidern war entweder etwas übertrieben vornehmes oder eine grobe Vernachlässigung zu bemerken und man konnte auf den ersten Blick schwer erkennen, was sie vereinte. Erst einige Gläser Tschaj oder Budweiser Bieres machten begreiflich, daß die Ähnlichkeit in den großen Worten liege, welche immer zahlreicher und ungestümer von ihren Lippen kamen, je später es wurde. Ein Unterschied blieb allerdings noch darin bestehen, daß die in den modernen Kleidern ihre Worte gleichsam nur vor sich auf den Tisch legten mit der Warnung: nicht anrühren, während die Anderen sie einfach in die Luft warfen, gleichviel wen sie treffen mochten. Da hörte nun Wanka die Angelegenheiten der »Nation« verhandeln, er erfuhr zum erstenmal von ihrer Bedrängnis und Not, von ihrer stillen und innigen Sehnsucht. Eine Beschämung überfiel ihn plötzlich wie einen Lachenden, der erfährt, daß ein Toter im Hause sei, und er dachte darüber nach, wie es denn geschehen konnte, daß er von all diesem Drückenden gar nichts gemerkt hatte alle Jahre lang. Er dürstete, recht viel davon zu erfahren, aber wenn er sich den Männern wieder zuwandte, entdeckte er, daß sie ganz in demselben Tone längst von anderen Dingen sprachen, von der Kunst und ähnlichem. Und er sah mit einemmale, daß ihre Begeisterung nichts als Heftigkeit war, und daß sie nichts Gemeinsames besaßen als ihre Einbildung. Da zog er sich von ihnen zurück. Er blieb wieder die Abende zu Hause, widmete sich mit mehr Fleiß seinen Studien an der Universität und bildete sich eine Zeitlang ein, es sei alles wie vordem. Bis ihm an solch einem Abend, wie damals, als er Luisa bei ihren Gespenstern in der Küche fand, ganz von ungefähr sein innerstes Nachsinnen zu Worten wurde. Seither wußte er auch, daß er den Leuten auf der Gasse anders in die Augen sah, bemüht, in ihren Mienen die Spuren jenes Leidens zu finden, von dem sein Volk heimgesucht sein sollte. Da und dort glaubte er jetzt wirklich eine gedrückte, geknechtete Gestalt zu bemerken, allein, wenn er näher zusah, erkannte er enttäuscht, daß es nur die Last der Armut war oder des Elends, welche auf den fremden Schultern lag, nicht das Joch der Knechtschaft. Und doch ließ es ihm nicht Ruhe. Er fühlte immer noch Kräfte in sich und fragte bei jedem Tage an, ob sein Volk ihrer bedürfe. Er wurde immer ratloser und unzufriedener, hielt es weder im Lehrsaal noch in der Wohnstube aus, wo Luisa saß und ihn mit großen fragenden Augen erwartete. So machte er weite Spaziergänge.

Einmal im Frühling war er den Podskal entlang gegangen, tief in Sinnen, und als er aufblickte, ragte auf teilweise abgegrabenem Terrain ein graues, einförmiges Gebäude vor ihm auf, dessen Fenster ihm leer, wie ausgebrannt, entgegenstarrten. Wanka hielt es für eine einstige Kaserne, welche nun der Demolierung preisgegeben war, und trat, da der Platz nicht weiter abgeschlossen schien, durch eines der gähnenden Thore ein. Die Höfe waren mit Thürrahmen und Thüren, Brettern und allerlei altem Gerümpel angefüllt, und diese Dinge sahen ganz unglaublich traurig aus in dem glanzlosen, langsam verlöschenden Licht des späten Nachmittags. Der Student wandte sich ab und, von irgend einem Gefühl bestimmt, stieg er die ausgetretenen Holztreppen hinauf und ging weite weiße Gänge entlang und durch viele geweißte Räume hin, deren Decken niedrig, deren Dielen zum Teil aufgerissen waren. Und dann schritt er noch eine Treppe hinan und stand wieder in einem Gang, dessen Schlußwand schon halb eingerissen war, so daß der Wind breit hereinkonnte, aus dem grauen Tag. Er riß Strohhalme von den Sparren der Decke los und trieb sie, wie Pfeile, dem Fremden entgegen. Wanka trat gleich in eine der nächsten Thüren ein und fand sich in einer engen, kaum drei Schritten breiten und nicht viel längeren: Zelle, die ganz gleichmäßig erfüllt war mit dem spärlichen Licht, das durch eine vergitterte Öffnung, nahe der Decke, hereinfloß. Die weißgrauen Wände waren mit vielen Ritzen wie mit einem seltsamen, wirren Muster bedeckt, und erst nach einem Augenblick erkannte der Student, daß dieses Muster sich in Worte und in Bilder löste; Gebetsworte und Flüche, Namen und Orte las er, und alles hineingeritzt in wilde, grinsende Fratzen, merkwürdig verschmolzen mit den Linien ihrer Nasen und Augen, mehr wie beredte Falten und Runzeln, als wie Schriftzüge. Und ein Gesicht wuchs hinter dem anderen hervor, bleich und bebend, wie ein Haufe Volkes drängte ihm die immer mehr erwachende Wand entgegen, allen voran ein drohender zorniger Mann mit hohlen Augen. Und quer über seine Stirne stand: »Jesus Maria«.

Da hörte Wanka, wie jemand seinen Namen sagte und in unbeschreiblichem Grauen wandte er sich, als ob er flüchten wollte, und stieß heftig auf Rezek, den blassen Studenten, der mit eigentümlichem und eingeweihtem Lächeln sagte: »Das waren auch Künstler diese hier. Nicht?«

Wanka erkannte den Studenten und sah ihn verständnislos an.

»Nun ich meine, jeder in seiner Art,« lächelte der noch. Dann fügte er ernst hinzu: »Glauben Sie mir, daß mir diese Bilder hier näher gehen, als das was unsre Maler malen und unsre Dichter zusammenreimen. Wissen Sie, was das hier ist? Volkslieder. Nicht vor tausend Jahren entstanden und nicht unverständlich nach zehntausend Jahren. Gedichte in einer ewigen Sprache. Man sollte diese Wände ebenso sorgsam ausnehmen, wie die Hieroglyphenmauern in den Pyramiden. Man sollte sie in die Kirchen hängen; denn sie sind heilig. Sehn Sie hier,« und er legte den schmalen harten Finger auf eine Zeichnung, welche mit ungelenken Strichen ein kleines Haus darstellte; »das hat die Sehnsucht gemacht und der Glaube hat ein Gebet drunter geschrieben und die Verzweiflung einen Fluch und der Hohn hat mit wunden blutenden Nägeln um alles das herum eine Fratze gezeichnet, in der das liebe kleine Haus aussieht wie ein gieriges, weitgeöffnetes Maul. – Haben Sie jemals ein furchtbareres Gemälde gesehen?«

»Kommen Sie,« sagte Wanka von plötzlicher Furcht erfaßt.

Rezek folgte. »Ich komme oft her,« sagte er. »Es geht so langsam mit dem Niederreißen. Ich lese in diesen Wänden wie im Buche der Offenbarung. Auf viele Fragen habe ich da Antwort gefunden.«

Sie schwiegen. »Freilich,« fügte Rezek an, als sie aus dem Thor traten, »die Antwort ist schließlich wieder eine Frage. Aber nur eine, immer dieselbe und das ist nicht so schrecklich wie die vielen.« –

»Was ist das eigentlich für ein Haus?« fragte Wanka jetzt und wandte sich zurück zu dem verlassenen Bau, der schwarz und groß mit seinen leeren Fenstern vor dem Abend stand.

Rezek blickte auf: »Das alte St. Wenzels Strafhaus.« Er blieb stehen, um sich eine Cigarette anzuzünden. Dann gingen sie schweigend der Stadt zu.

Die beiden jungen Menschen, welche früher oft aneinander vorbeigegangen waren, fanden sich jetzt beinahe jeden Tag. Es war aber mehr eine Macht über seinem Willen als eigene Absicht, welche Wanka zu dem düsteren Kollegen hinzog und was ihn dann festhielt, war der Umstand, daß Rezek alle Fragen, welche ihn in der letzten Zeit gequält hatten, erriet und die unausgesprochenen wie unwillkürlich beantwortete. Zdenko sah freilich nicht, wie weit diese Antworten über seine Fragen hinausragten, und so konnte es geschehen, daß seine Kraft und die naive Klugheit seiner reinen Jugend bald blind im Dienste des energischen Agitators standen, dem sie sehr gelegen und günstig sein mußten. Die verschärfte Strenge des Polizeidienstes, die Geschichte des »König Bohusch« und andere halbpolitische Ereignisse hatten die jungen Leute vorsichtig und ängstlich gemacht, und Rezek mußte sich zu manchem seiner Zwecke des bezahlten Pöbels bedienen, der ihm dann bei nächster Gelegenheit als Angeber gegenübertrat. So aber war der Traum des dunklen Mannes: unverdorbene junge Leute guten Standes finden, welche überzeugt von dem Recht ihres Beginnens, mit der ganzen blinden Bärenkraft ihrer Gesinnung einer nationalen Befreiung entgegenstreben und in jugendlicher Unverzagtheit einem Ziele nachgehen, das er selbst nicht immer glauben wollte.

Auf ihren gemeinsamen Wegen, an welchen Luisa lauschenden Anteil nahm, hatten sie eine kleine, niebesuchte Gaststube entdeckt hoch auf dem Hradschin. Von ihrem Runderker aus sahen sie oft, wie die schweren dunstigen Frühlingsabende die Stadt zerstörten, wie ihr Feuer an den Kuppeln und Türmen zehrte und da und dort wie Wahnsinn aus zwei sinnenden Fensteraugen schlug. Und die ganze Last dieser ahnungsvollen Dämmerungen war auf den drei jungen Menschen; da wandte sich der energische Rezek, der eine große Furcht vor diesen leisen weiten Stunden hatte, wohl an das versonnene Mädchen und sagte mit harter Stimme: »Loisinka, spiel sie uns etwas.« Und aus der Wandnische, wo Luisa saß, rauschten wie Flügelschläge die langen Töne eines Harmoniums, und die schlichten Volkslieder machten die Menschen noch leiser und einsamer. Es wurde immer dunkler um sie her und sie mochten sich vorkommen wie Abschiednehmende, die einander zuwinken und sich doch nicht mehr erkennen . . . Bis das Lied mitten im Klange brach und das zitternde Verstummen des Harmoniums verschmolz mit Luisas zaghaft ausbrechendem Weinen. Dann befahl Rezek: »Spiel sie doch was heiteres . .«

Aber Luisa kannte nur ein paar Volkslieder und der Bruder sagte: Unser Volk hat keine lustigen Töne. Seine liebsten Lieder sind wie vor dem Weinen.

Da begann Rezek mit heftigen Schritten in der kleinen Stube auf und ab zu gehen und endlich blieb er im Erker stehen und sagte:

»Wie ein Kind ist unser Volk. Manchmal seh ich es ein: unser Haß gegen die Deutschen ist eigentlich gar nichts Politisches, sondern etwas – wie soll ich sagen? – etwas Menschliches. Nicht, daß wir uns mit den Deutschen in die Heimat teilen müssen, ist unser Groll, aber daß wir unter einem so erwachsenen Volk groß werden, macht uns traurig. Es ist die Geschichte von dem Kinde, welches unter Alten heranwächst. Es lernt das Lächeln, noch ehe es das Lachen gekonnt hat.«

Als aber die Kellnerin die Lampe angezündet hatte, setzte sich Rezek in den großen, alten Lehnstuhl und begann, die gelben nervösen Hände vor die Augen gepreßt, wie zu sich selbst zu reden: »Was hilft alles. Damals als man dem Volk gesagt hat: du bist jung, haben sich die Gebildeten geschämt dafür. Und sie sind schnell alt geworden statt älter zu werden. Statt sich jedes Tages zu freuen, haben sie ein Gestern haben müssen und ein Vorgestern. Königinhofer Handschrift, freilich! Damit nicht zufrieden, haben sie ihre Kultur in der Fremde gesucht und gleich dort, wo sie am fertigsten ist – bei den Franzosen. Und so kams: zwischen den gebildeten Tschechen und dem Volk sind Jahrhunderte. Sie verstehen sich nicht mehr. Wir haben nur Greise und Kinder, was die Kultur betrifft. Wir haben unsern Anfang und unser Ende zu gleicher Zeit. Wir können nicht dauern. D a s ist unsere Tragödie, nicht die Deutschen.«

Luisa sah den Schrecken, welcher sich in den Zügen des Bruders ausprägte während dieses Geständnisses. Er schien sich mühsam zurückzuhalten, alle seine Sehnen waren wie zum Sprunge gespannt.

Rezek bemerkte es nicht mehr, er war wie aus einem bösen Traume erwacht, und der strenge Accent seiner Stimme schien alles frühere zu widerrufen. Er entwarf an diesem Abend die kühnsten Pläne und spürte mit dem ihm eigenen Scharfsinn so rücksichtslos allen Mitteln und Möglichkeiten nach, schien sich so klar über die Ziele seiner unermüdlichen Agitation, daß Zdenko wieder ganz in seinem Einfluß unterging.

Dennoch bezeichnete dieser Abend für Wanka den Beginn eines harten inneren Kampfes. Er hatte sich stolz und stark gefühlt in seiner Mission, so lange er glaubte, für ein junges und gesundes Volk zu streben und nun hatte er erfahren, daß dieses Volk an innerem Zwiespalt krankte und an sich selber verzweifelte. Und er verlor alle Freude und allen Mut. Es geschah ihm wie dem tollkühnen Lieutenant, der vor seinen Scharen hineinstürzt in die feindliche Übermacht. Da vernimmt er, daß die Niederlage der Seinen schon besiegelt ist; und was im Augenblick noch eine freudige Heldenthat war, ist ihm ein nutzloses, verzweifeltes Opfer. Der arme junge Mensch fühlt mit einemmale so viel Neues, Unverbrauchtes, Einsames in sich, das nicht zu Ende gehen will und sich sehnt, in einem andern stillen Frühling aufzublühen. – Die hohen und hellen Worte der nationalen Begeisterung waren ihm erloschen, und mehr als einmal stürzte Wanka aus den heißen heimlichen Versammlungen in die nächtlichen Gassen hinaus, durch welche er, planlos, einem ungewissen Morgen entgegenirrte. Aber so stark stand Rezeks Persönlichkeit über ihm, daß er mitten in seinen Grübeleien immer wieder von ihm einen Ausweg erhoffte und nicht wagte, dem finsteren Gesellen seine wachsenden Zweifel einzugestehen. Er schwieg gegen alle davon. Er bemerkte die besorgte Frage in den Augen seiner schlichten Mutter, und er glaubte sie zu übertönen durch seine heftige, hastige Zärtlichkeit. Er neigte sich inniger seinem blassen Schwesterchen zu und suchte sich gleichsam wiederzuerkennen in diesen flüchtigen Augenblicken einer reinen Liebe.

Jetzt begann Luisa ahnungsvoll die Zerrissenheit in Zdenkos Seele zu begreifen. Sie wußte ja nichts von der beginnenden Untreue an seinem Werke und daß er seine übernommene Pflicht als Zwang empfand. Aber sie sah, daß er an irgendwelchen Ketten zerrte und das schien ihr die eherne Macht des Rezek zu sein, aus welcher er entfloh, um schwach und verzagt, immer wieder zurückzukehren. Lange schon stand die Gestalt des bleichen Mannes auch über ihr. Sie fand sein Bild in allen ihren Gedanken und war nicht mehr erstaunt dabei. Ihr schien, er gehörte hinein wie der Gekreuzigte in die Klosterzelle. Und sie konnte ihm nicht wehren, daß er auch in ihre Träume wuchs und endlich eines wurde mit dem dunklen Prinzen des alten Maskentraumes und nun für sie nicht mehr Rezek, sondern Julius Cäsar hieß. Und da geschah dem Mädchen etwas Seltsames. Irgendwelche Scenen aus fernen Jahren und halbvergessene Träume und Gestalten und fremde purpurne Worte, die sie von ihrem Bruder vernommen hatte, und anderes, welches sie gar nicht zu erklären vermochte, umdrängte sie wie eine neue phantastische Zeit, in der alle Gesetze anders werden und alle Pflichten. Sie konnte zwischen Thun und Träumen nicht mehr unterscheiden und schaute alle Geschehnisse des Alltags in den Farben jenes Krummauer Blutfestes, ihrer tiefsten und erschütterndsten Erinnerung. Sie lebte jetzt mitten unter den stillen, feierlichen Gestalten und fühlte immer deutlicher, daß auch sie eine Rolle haben müsse in diesem heimlichen Reigen. Und tagelang saß sie, eine vergessene Arbeit im Schoß, am Fenster, sah mit verlorenen Augen in die hohen kahlen Mauern der Maltheserkirche und sann: Welche nur, welche?

Die trägen, lässigen Sommertage gingen langsam dem Feste von Mariens Himmelfahrt entgegen. Eine schwere Traurigkeit lag über Wankas. Das Heimweh, welches die vier Menschen schon fast vergessen hatten, kam wieder in einer anderen, unerwarteten Gestalt über sie. Sie sehnten sich nicht mehr nach der Vergangenheit, sondern sie träumten in den heißen Stuben hinter dichtverhangenen Fenstern von dem leichten, luftigen Dorfsommer, dem die kühlen Wälder so nachbarlich sind. Von den hellen Feldwegen, über welche die jungen Obstbäumchen ihre rührend dünnen Schatten legen, so daß man drüber hin wie auf einer Leiter geht, von Strich zu Strich. Von den schweren, reifen Feldern, die so breit und prächtig zu wogen beginnen gegen den Abend zu und von den Hainen, in deren dunkelnder Stille die schweigsamen Teiche liegen, von denen niemand weiß, wie tief sie sind. Und dabei dachte jeder von den vier Menschen an irgend eine bestimmte unbedeutende Stunde, deren kleines Glück man einst, ohne es zu werten, ebenso mitgenommen hatte. Und um so schmerzlicher war dieses Sehnen, als es nicht ein Unwiderbringliches betraf, als jeder fühlte, wie der heitere Heimatsommer ihn erwartete und traurig wurde, wenn keiner kam. Um ihm wenigstens näher zu sein, machte man kleine Ausflüge die Moldau entlang, und die Försterswitwe glaubte am leichtesten den kleinen Wäldern hinter Kuchelbad ihre gutmütige ländliche Lüge und wurde von jener unmerklichen Fröhlichkeit erfüllt, welche alten, arbeitsamen Leuten eigen ist. Sie war still und in sich gekehrt und lächelte kaum, aber die Falten um die Lippen waren vergangen und das gab ihrem Gesicht etwas Junges und Sonniges, wie sie es vielleicht als Braut nicht besessen hatte. Sie bemerkte dann auch kaum, wie selten Zdenko den Blick in die lichte Landschaft erhob von dem Wurzelpfad, und wie schnell die Sommerblumen welkten in den heißen Händen Luisas. Die alte Rosalka blieb ganz zu Haus und trotzte; sie sagte vom Sommer: nein, wenn er nicht zu mir kommt, nachlaufen werd' ich ihm nicht; setzte sich mit einem alten Gebetbuch ans Küchenfenster und schlief über der Frömmigkeit ein.

Die staubigen Augusttage schienen nur auf einem nicht zu lasten: auf Rezek. Er blieb von unermüdlicher Kraft, ja in jüngster Zeit war sogar eine übermütige Lustigkeit in seinem Wesen, welche Wanka nicht verstehen konnte. Er wußte nicht, daß Rezek stets so zügellos wurde, wenn die Gefahr nahe über ihm und seinem geheimen Streben aufstieg und nahm diese Veränderung eher als Zeichen guter Erfolge hin.

Seine letzten Bedenken entschwanden, als Rezek bei einem Spaziergange, den sie wieder nach alter Gewohnheit zu dritt unternahmen, vorschlug, in der »Vikárka« (einem kleinen, uralten Gasthofe, dem St. Veitsdom gegenüber) einzukehren. Sie saßen bei einem dunkeln Tische in der hintersten Stube und stießen mit echtem Melniker an. Der Student kargte nicht mit dem Wein, und so laut wurde seine Lustigkeit, daß die paar übrigen Gäste, es waren bischöfliche Lakaien, daran teilnehmen mußten. Rezek erzählte die Sage von der Brotgräfin, die im alten Czerninschen Palast umgehen sollte, knüpfte seinen tückischen Spott an die spannendsten Stellen und veränderte so die Wirkung seiner Worte in einer seltsamen und überraschenden Weise. Da und dort wurden andere Geschichten wach (sie lauern in allen Ecken dieser dämmernden Stuben), und es fügte sich, daß Zdenko die Krummauer Sagen, auch jene von Julius Cäsar zum besten gab.

»Eigentlich wäre das deine Sache,« hatte er vorher zu Luisa gesagt.

Sie aber schüttelte nur stumm den Kopf, hob dann das Weinglas und hielt es lange an die Lippen. Mit fast verschlossenem Munde begann sie zu saugen, und ihre Augen schauten dabei groß in den Trank hinein, dessen purpurner Widerschein über ihrem schmalen Gesichtchen lag.

Mit einemmale sagte Rezek: »Wie Sie das sagen. Merkwürdig. Ist nicht eine Ähnlichkeit zwischen unserer Zeit und den Tagen vor dem dreißigjährigen Kriege?«

Unter seinen Worten bebte etwas. Zdenko und andere lachten. Luisa aber hob das Becherglas langsam von ihrem kühlen roten Munde und sah mit erschreckten Augen zu dem Studenten auf.

Als man später auf dem Heimweg war, blieb Rezek nahe bei der alten Schloßstiege vor einem Thor, über dessen Bogen ein schwarzes Ehewappen prangte, stehen und fragte: »Waren Sie schon mal drin?«

Die Geschwister verneinten.

»So kennen Sie nicht einmal die Daliborka? Schämen Sie sich.«

Und schon trat Rezek durch den engen Thürrahmen des Thores ein und Luisa, die nun bei ihm stand, erblickte einen reinlichen Hof, drin, von den lichten Mauern bewacht, die breiten, warmen Schatten des Nachmittags lagerten. Eine kleine, alte Frau trat grüßend aus der Hausthüre, jagte einen Schwarm Hühner vor sich her und winkte dann den Fremden, zu folgen. Zdenko ging voran, dann kam Rezek und zuletzt Luisa, denn der Pfad war so schmal, daß einer hinter dem anderen gehen mußte. Luisa zögerte ein wenig und schaute mit glänzenden Augen umher: da war ein lächerlich kleiner Gemüsegarten, dessen Kohlköpfe und Spargelstangen ein sechsjähriges Kind wohl hätte zählen können; mitten drin aber ragte ein stämmiger Apfelbaum, welcher seine kleinen roten Früchte der fern verschimmernden Stadt zu zeigen schien. Ein paar dichtverwucherte Stufen lenkten in einen feuchten und dämmernden Teil des Hanges hinab und dort standen viele Sträucher von wilden Rosen, deren Zweige Luisa nicht vorbei lassen wollten. Da blieb Rezek stehen, und das Mädchen vernahm die Stimme des Zdenko: »Also das ist der berühmte Hungerturm. Der Ritter Dalibor hat da drinnen aus lauter Sehnsucht die Geige spielen gelernt. Das war doch hier?«

»Ja,« erwiderte Rezek, »aber ich glaube immer, er hat das Geigen schon früher getroffen. Die Sehnsucht singt selten.«

Und da standen sie schon vor der schwerbeschlagenen Pforte des grauen Turmes. Luisa sah empor und bemerkte, daß die breiten Mauern nur teilweise von einem neugezimmerten Dach überspannt wurden. Auf dem freien Rande der Zinne ragte neben einer zerrauften Silberdistel eine schlanke, junge Akazie und hob ihre blassen Blättertrauben mit zärtlicher Anmut in den lichten Himmel hinein. Das war das letzte Bild vom Tage. Es wurde immer feuchter und schwärzer, und die dumpfige Luft legte sich wie ein Schleier vor des Mädchens Augen. »Findet sie uns nach?« hörte sie den Studenten mal fragen. Er hielt ihr die Hand hin. Seine Stimme kam rauh und fremd aus den ungewissen Tiefen des Gewölbes, und Luisa war nicht imstande zu antworten. Sie tastete mit angehaltenem Atem, leise erschauernd, an den eisigen Wänden hin und fand sich erst wieder, als ihr der rötliche Schein eines Lichtes, wie wärmend, aus der nächsten Halle entgegenkam. Da fand sie die beiden Männer und die Frau inmitten des Raumes über irgend etwas gebeugt, und eine schwehlende Kerze schwankte an einem Strick gerade über ihren gesenkten Köpfen. Dann glitt das Licht mit einem kreischenden Geräusch tiefer und tiefer an den drei Gesichtern vorbei, welche eine Sekunde lang grell beschienen waren; es sank bis vor ihre Füße und verschwand langsam in einer schwarzen runden Öffnung des Bodens, über der nur noch ein letzter, löschender Glanz hin und herzuckte. Da neigte auch Luisa sich vor und erkannte, wie die Kerze, klein, tief unten ankam in einem zweiten grauen Gemach, unter welchem noch ein drittes, schwarz, zu beginnen schien.

»Oh,« sagte Luisa.

Zdenko faßte ihre feuchte, zitternde Hand: »Achtgeben, Luisa.«

Und dann erzählte die Alte etwas mit einer armen, monotonen Stimme, die sich vor den feuchten Wänden zu fürchten schien und in scheuen Kreisen eng um die vier Köpfe herumschwirrte. »Die neuen,«

sagte sie gerade, leise und heimlich, als wäre das eine liebe, eigene Erinnerung, die sie zum erstenmal jemandem anvertraute, »die neuen, die hier herunterkamen, erhielten ein Stück Brot und einen Krug Wasser. Ja, und mit dem Brot und dem Wasser mußten sie sich erhalten und da an dem Loch mußten sie sitzen und zuschauen, wie der, der schon eine Woche unten saß oder zwei, no je nachdem, (es haben manche Menschen gar so viel zähe Kraft) sich langsam zu Ende hungerte. Na und dann, wenn's in Gotts Namen zu Ende war, wurden sie hinuntergelassen . . .«

»An diesem Seil?« neckte Zdenko.

Die Frau ließ sich nicht stören: »Hinuntergelassen wurden sie und mußten erst den Toten, nämlich den, welchen sie haben zu Ende hungern sehen, hineinstoßen in das Loch am Boden dort – sehen Sie.« (Alle neigten sich vor.)

»Manchmal werden sie den Vorgänger wohl halb aufgefressen haben,« lachte Rezek grausam.

»Kann schon sein,« murrte die Alte und fuhr dann in ihrer langgewohnten Erklärung fort.

Luisa lehnte sich an den Bruder: »Es ist tief?« forschte sie.

»Sehr tief.«

»Und kann keiner wieder heraus?«

»Nein,« erklärte jetzt Rezek. »Das Ding ist wie eine Flasche; oben schmal und immer weiter gewölbt nach seinem Grunde zu. Ein Zurückklettern giebt's da wohl kaum. Übrigens wär' das das beste Heilmittel für Übersatte auch heute noch.«

Luisa hörte ihn lachen. Die Beschließerin zog die Kerze halb herauf und trat dann mehr in den Raum zurück. Die Männer folgten ihr. Jetzt eröffnete der flüchtige, scheue Schein eines Zündholzes da und dort ungeahnte Nischen und Gänge, welche im nächsten Augenblick lautlos wieder einzustürzen schienen. Ein unbestimmtes Sich-rühren begann. Das Licht über dem Krater wurde ängstlich, und das breite Dunkel ringsum schien zu erwachen, sich zu dehnen und in wachsenden Gestalten an Luisa vorüberzufluten. Immer deutlicher erkannte sie Paar und Paar. Und sie reihten sich zu einem taumelnden Tanz und aus Reigen und Neigen kam endlich der Eine ihren staunenden Augen entgegen: Julius Cäsar.

Er war stumm und schwarz. Ihr schlug das Herz in die Kehle hinauf und, erschreckt, senkte sie den Blick und er fiel, fiel in eine endlose Tiefe. Sie wußte: So stand sie am Rande des Turms. So war sie selber das blaue Fräulein. An ihrem Frieren fühlte sie, daß sie ohne Kleider war, ganz ohne Kleider. Mit bebenden Fingern tastete sie an ihrem Leib hin und sie empfand seine bloße Glätte. Dann blickte sie auf: oben war Nacht, sternelos. Und dann stand er bei ihr, fast vor ihr, nah am Abgrund. Das blaue Fräulein rächte sich: diesmal er. Und sie hob unwillkürlich die Hände und stieß sie gerade nach ihm hin – bis sie an seine Schultern drängten, – dann aber, im Augenblicke der jähen Berührung, packte sie ihn krampfhaft, riß ihn zurück, zu sich her, fühlte ihn, und in einer neuen, tiefen, zitternden Seligkeit vergingen ihr die Sinne.

Und am Ende sollte gar, so scheint es, die grämliche Rosalka, welche Zdenkos Streben und den ehrgeizigen Wunsch seiner Mutter, hoffärtig und sündig fand, recht behalten haben. Denn es mußte doch etwas wie Hoffart sein, was den jungen Menschen bewog, innerhalb drei Wochen dreimal Wohnung zu wechseln; nämlich: aus seinem kleinen Kämmerchen, das in die Mauern der Maltheser sah, in die Untersuchungshaft, von da in das Hospital und endlich gar auf den VII. Friedhof des Wolschan, wo die Mutter ihm ein Stück Landes, drei Schritte in der Länge und zwei breit kaufte. Mehr wollte er nicht. Und das alles war so rasch gegangen, daß die Frau mit dem alternden Verstand sich gar nicht finden konnte in diese unerwartete, plötzliche Standeserhebung, nur den Kopf schütteln konnte und immerwährend unterwegs war nach dem seltsamen, winzigen Landgut, als wollte sie nicht begreifen, daß es dem neuen Besitzer draußen gefiele. Sie vergaß Arbeit und Essen und kehrte jeden dritten Tag zu dem Spitalarzt zurück, der endlich ermüdete, der verstörten Mutter immer wieder den traurigen Fall von Lungenentzündung mit letalem Ausgang zu erklären und anzufügen, daß dies bei solchem infamen Herbstwetter nicht zu verwundern sei. Wenn Frau Wanka dann, von dem ungeduldigen Arzt und den wartenden Besuchern fast aus der Thüre gedrängt, in den perlgrau trüb triefenden Tag hinaustrat, dann nahm sie sich jedesmal vor, sich das Wetter recht genau zu betrachten um zum Verständnis des »traurigen Falles« zu gelangen. Aber draußen hastete sie scheu an den Häusern und den Menschen vorbei und kam atemlos in ihre Wohnung, wo sie Luisa fand, immer auf demselben Platz, mit heißen, trockenen Augen und fiebernden Händen. Sie blieben dann einander gegenüber sitzen, ohne die Lampe anzuzünden, ohne sich irgend etwas zu sagen, ganz fern von einander, bis es so dunkel war, daß sie eine die andere vergaßen. Von Zeit zu Zeit erhob sich eine der Frauen und ging auf den Zehen, als sollte die andere nichts bemerken, hinaus, in Zdenkos langverlassenes, verstaubtes Stübchen. Behutsam trat sie ein. Und erst wenn sie den leeren Schreibtisch fand und das vernachlässigte, verdeckte Bett, erlosch das irre Lächeln einer wilden, immer wieder gläubigen Hoffnung auf den zuckenden Lippen. Die Zurückgebliebene aber lauschte dann: Sie hörte die Thüre gehen. Und dann begann in der verlassenen Kammer ein Weinen – bang und hoffnungslos. Bis die alte Rosalka eines Sonnabends das kleine Hinterzimmer aufwusch und dann den Schlüssel an sich nahm. Das Weinen aber hörte nicht auf; es füllte bei Tag die beiden Stuben aus und schien in jeder Nacht suchend durch das ganze Haus zu gehen, so daß die Kinder nicht einschlafen wollten. Und auch Erwachsene brannten Licht bis in den Morgen hinein; denn jeder in dem alten Haus wollte die Ecken seines Zimmers überschauen und war im stillen froh, wenn der nächste graue Regentag an die Scheiben schlug. Denen, die sich darüber beschwerten, schwor die Magd Rosalka bei Seele und Ehrlichkeit, man könne nichts dagegen thun, als Weihwasser aufstellen und Vaterunser beten; denn so sei es jedesmal, wenn einer stürbe mit vielen weltlichen Wünschen im Herzen und ohne die richtige Ruhe und Ergebenheit. Und man betete beim Rübenschälen und beim Geschirrwaschen, die Nachbaren beteten und die Höckin unter den Steinlauben betete auch. Und Weihwasser spritzte man hinter den beiden Frauen her, welche mit jenen langsamen taktmäßigen Schritten durch den Flur und die Gänge kamen, wie sie sie gelernt hatten hinter dem Leichenwagen. Frau Wanka ging oft aus, eilte ein paar Gassen entlang, um planlos wieder heimzukehren. Luisa aber rührte sich nicht von ihrem Platz. Sie hatte keine Phantasien mehr, und in ihren Träumen waren alle Farben so blaß geworden wie die Tage draußen. Manchmal zählte sie die Tropfen an den Fenstern und horchte: es rauschte an ihr vorbei wie ein großer Strom, in dem viele zerbrochene, unverständliche Worte trieben, immer mehr und mehr – und sie dachte: wie nach einer Überschwemmung. Dann zuckte sie plötzlich zusammen, als hätte sie jemand gerufen und – begann wieder die vielen rinnenden Tropfen zu zählen.

So kam Allerseelen. Da sehen sogar die breiten Straßen der Neustadt nachdenklich aus. In den vornehmen Blumenläden liegen reiche, prahlerische Kränze bereit und die fremden Blüten in ihnen können nicht lächeln. Die Vergnügungsspalten der Reklamesäulen sind leer überklebt, nur das Landestheater verkündete die Aufführung der alten Kirchhofkomödie »Der Müller und sein Kind« und in den Schaufenstern der Kunsthandlungen sind vor die bunten, englischen Drucke drei, vier, fünf dunkle Photographieen geschoben, die Illustrationen zu dem leisen Wehmutliede Hermann von Gilms: »Stell auf den Tisch die duftenden Reseden . . .« Früh werden auf dem feuchtglänzenden »Graben« die Laternen angezündet, und immer noch fahren Fiacres und Droschken vorbei mit großen Palmenkränzen auf Kutschbock und Wagendach und an mancher Trambahn ist über die farbige Rücklaterne ein Tannengewinde oder gar ein Kranz von Blech gehängt, der nicht zum erstenmal am Tage der Verstorbenen diese Reise überstehen muß. Über dem unfreundlichen Zizkov sind schon die unglaublich langhalsigen Bogenlampen wie viele, traurige Monde aufgegangen und drunter hin, vor den Thoren des immer weiter wachsenden Totenparkes, ist ein unfestliches Gedränge von Menschen, von verweinten Menschen, die ein paar halbwelke Blumen in der Hand, in dunkler Sehnsucht sich ihrem Ziele entgegendrängen, von erzürnten Menschen, welche die Hast des Schmerzes nicht begreifen, von teilnahmslosen, von feiernden, von lachenden und beobachtenden Menschen und von vielen anderen. Die Pfade sind durch die vorlauten lauernden Verkaufsbuden verengt, und die Kinder des langen Zuges hängen sich wie Widerhaken an die aushängenden Lampen und Lebkuchen und Spielsachen, so daß immer neue Stockungen geschehen. Mit der Menge aber und über ihr wälzt sich dieser dicke schwere Dunst von traurigen, müde duftenden Blüten, welken Blättern, durchregnetem Erdreich und feuchten Kleidern, in welchem die Worte gleichsam hängen blieben, zu dem weiten leuchtenden Garten. Dort verteilen sich die Massen zwar in die einzelnen Alleen, aber eigentlich sind die wenigsten bestrebt, schnell zu dem Grabe zu kommen, welches sie beschenken wollen. Sie wollen erst auch die anderen Seligen im Festkleid gesehen haben und finden es zu unterhaltsam, an den Steingrüften der Vornehmen hinzuschlendern, die fremden langen Namen zu lesen und sich an den Blumen zu freuen, welche den kostbaren Marmor ganz verdecken. Dann hineinzulugen in die dämmerigen Grabkapellen mit den hellen glänzenden Altären, vor welchen ein verwittertes altes Mütterchen schon den zweiten Tag bemüht ist, den ihr ganz unbekannten Verewigten die gutbezahlten Vaterunser und Gegrüßetseistdu der hinterbliebenen Familienmitglieder begreiflich zu machen. Und aus diesem Schatten von Licht und Glanz schleicht sich eine unbewußte, lebendige Fröhlichkeit in die Gesichter der Menge, welche seltsam absticht von den paar wunden dunklen Menschen, die sich scheu und schwarz am Wegrand hindrücken. In blinder Ungeduld schieben sie da und dort einen Schaufrohen zur Seite und der denkt hinter ihnen her: Totenvögel, was wollen denn die hier?

Auf dem VII. Friedhof ist es etwas freier und einsamer. Es ist mehr Raum hier; denn nur ein Teil des umzäunten Landes ist mit Gräbern und Grüften erfüllt, weiterhin ist ahnungsloser, gesunder, gutgewässerter Boden, dem man noch die früheren Ernten ansieht und der aus seiner müßig gewordenen Kraft ratlos einen üppigen, wilden, sinnlosen Garten gezeugt hat. Das war eine gute Nachbarschaft für den armen Zdenko Wanka, der immer noch die Reihe der Gräber an der linken Mauer hin abschloß, als wagte niemand zu sterben seither in der großen, abgrundvollen Stadt. Die beiden vereinsamten Frauen, Mutter und Tochter, leisteten ihm nun schon den zweiten Tag Gesellschaft, und die alte Rosalka kam ab und zu und erzählte dem tauben Schmerz der beiden von der Pracht und dem Glanze anderer Grüfte. Daß der Hügel des Zdenko nicht so recht festlich werden wollte, trotz der vielen Levkoien, Astern und Vergißmeinnicht, kam daher, daß durch allen Schmuck irgendwo immer wieder das nasse, neue Erdreich durchdrang, in welchem der Grassamen noch nicht Zeit gehabt hatte, aufzugehen. Etwas scheu schien das frische Grab sich zurückzuziehen – wie einer, der zum erstenmal in einer Gesellschaft ist, deren Art und Anstand er noch nicht kennt. Auch die beiden Gäste fanden nicht recht die Sprache des Verkehrs mit dem Verlorenen, und so mag des toten Zdenko erster Feiertag recht trübe gewesen sein. Frau Josephine weinte nicht mehr. Sie saß auf einem der Holzbänkchen, wie sie sich am Fußende der Grabstätten finden, und hatte gewiß vergessen, daß der fremde, feuchte Herbstabend immer dichter über ihr hereinsank. Die Tochter, die in dem Kleidchen von schwarzem Kaschmir noch kleiner und blasser aussah wie sonst, beobachtete, ohne daß sie davon wußte, die Scene, die an einem Grabe gegenüber geschah. Ein hagerer, verhärmter Mann hatte eben eine kleine, blaue Lampe und einen Maiglöckchenstrauß auf die Stätte niedergelegt, und es war eine zaghafte, rührende Zärtlichkeit in seiner Bewegung gewesen, etwas von jener unbeholfenen Anmut junger, verliebter Menschen. Aber wie er nun wieder aufrecht stand und sein weinendes, dreijähriges Kind an den schwarzen verschnittenen Sonntagsrock preßte, da brach diese Geste hart ab und eine zitternde, hoffnungslose Wehmut begann ihn zu beugen. Er kämpfte mit ihr und suchte immer wieder die Augen des Kindes, vielleicht um zu wissen, wie die Augen der Mutter waren, oder um sich daraus ein wenig Glanz und Hoffnung zu holen. Das Kind aber weinte . . .

Da schob sich eine Gruppe von schwarzgekleideten, jungen Männern in dem Nationalrock, der Tschamara, zwischen Luisa und jene beiden Mutterlosen. Es waren größtenteils Studenten, Freunde und Genossen des Wanka, welche an diesem Tage mit politischen Ovationen und Liedern an die Gräber ihrer Großen und Genossen kamen, um sie über das Gesetz der Gleichheit, welches in diesen stillen Mauern herrschte, zu erheben. Der Widerstand, der ihrem Beginnen jedes Jahr aufs neue von den vorsichtigen Behörden entgegengesetzt wurde, war Schuld daran, daß diese Kundgebungen einen über alle Herzlichkeit lauten prahlerischen Charakter bekamen und das jugendliche Ungestüm sich nicht mit dem leisen Niederlegen seiner blühenden Liebe begnügen wollte. So ordneten sich auch jetzt die Reihen, um an Wankas Grab eines der scharfen Kampflieder anzustimmen, welches den mit allem Versöhnten an die Tage des Sturmes erinnern sollte. Es mußte dem getreuen Genossen – und Wanka war in Treuen gestorben – doch auch lieb sein, von dem Ausharren der Brüder zu vernehmen, er mußte gleichsam einen Augenblick wieder mitten unter sie treten, wenn seine eigenen Worte und Wünsche über seinem Hügel erwachten. Allein als schon das Zeichen des Anfangs gegeben werden sollte, traten die jungen Leute mit einem dumpfen Gemurmel auseinander. Sie schämten sich plötzlich, ihr rohes Streitlied in den tiefen, geweihten Schmerz dieser schwarzen Frauen hineinzuschreien, und die Besten unter ihnen ahnten die Ewigkeit. Sie senkten den großen Kranz, in dessen Immergrün Karten mit ihren Namen staken, ganz an das Ende des Grabes nieder, als empfänden sie unbestimmt, daß der, welcher bis an diesen Platz Hand in Hand mit ihnen gewandert war, doch nicht mehr voll zu ihnen gehörte, wenigstens in seiner eigensten Sehnsucht nicht.

Und aus ihnen blieb Rezek zurück. Ernst und hoch, die Arme auf der Brust verschränkt, stand er da und hatte nur das blasse harte Gesicht, wie sinnend, gesenkt. Vielleicht war er der einzige, welcher dachte, daß Zdenko an der zerstörten Freude gestorben sei, wenngleich er selbst es am wenigsten verstehen konnte. Er war eine strenge Savonarolanatur, welche da und dort im Land Scheiterhaufen entzündete; und es kamen junge, gläubige Menschen, welche ihren ganzen Reichtum in die Flammen legten: die Freude und das Lachen und die Sehnsucht. Denn der Fanatiker wollte ein verarmtes und entsagendes Heer hinter sich, weil er wußte, daß es keine wildere Waffe giebt, als die Verzweiflung. Und sein Gesetz fand Anhänger auch in diesem weichen, slavischen Volke, welches mit den Schätzen seines Gemütes sich selbst verliert und verleugnet.

Auch Luisa hatte zaghaft alles vor ihm niedergelegt, was sie aus ihrer traumdunklen Kindheit besaß; er hatte es nicht bemerkt, denn sie schien ihm kein Mitstreiter zu sein, dessen Gewinnung wertvoll wäre. Und dann hatte Luisa noch etwas hinzugelegt, etwas Unklares, Schmerzlich-seliges, wofür sie keinen Namen wußte: das aber hatte Rezek nicht erkannt, weil es ihre erste, bebende Liebe war. – Wie er jetzt näher zu dem Mädchen trat, fühlte er vielleicht zum erstenmal, daß er sich nicht über ein Kind neigte, und unwillkürlich grüßte sein Auge das Weib. Aber Luisa verstand ihn nicht, er war ihr weit und vergangen wie alles. Kaum eine Erinnerung war er ihr. Und da nahm sein Auge zugleich Abschied von ihr, und er verneigte sich einmal tief, wie Luisa es nie bei ihm gesehen hatte und ging. Es war schon fast Nacht, und Luisa konnte ihn mit ihren wunden Augen nicht begleiten über die nächsten Kreuze hinaus.

In der Nacht nach diesem Allerseelentage war kein Weinen in dem Hause, gegenüber der Maltheserkirche. Noch ehe es ganz licht war, stand Frau Josephine auf, zog sich sorgfältiger als sonst an und teilte der Tochter mit, daß sie heute, da sie so viele Montage versäumt hätte, zu Oberstens ginge. Luisa sah mit schwachem Erstaunen auf. Die Stimme der Mutter erschien ihr ganz unbekannt als sie nun noch anfügte, sie hätte durchaus nicht die Absicht, dieses gute und vornehme Haus zu verlieren. Auch würde sie es gern sehen, wenn Luisa sie abholen wollte, um sich bei Meerings in Erinnerung zu bringen. Dann ging Frau Wanka. Und das ganze Haus sah wie ein einziges steinernes Staunen hinter ihren Schritten her, welche fast ganz dieselbe energische Rüstigkeit wieder zeigten, welche sie vor dem Unglück besaß. Dieses rasche, ruckweise Sich-aufrichten nach Wochen des haltlosesten Hingegebenseins hatte in der That etwas Überraschendes und Unheimliches. Frau Josephine mußte in den beiden Tagen am Grabe des Sohnes irgend eine Ersparnis an Kraft und Energie, dessen Vorhandensein sie während mancher Jahre vergessen hatte, in sich entdeckt haben und daß sie es nun wohl anzuwenden wußte, beweist der Umstand, daß Frau von Meering den Schmerz der Mutter als nicht tief und herzlich genug bezeichnen konnte. Sie erwartete eine gebrochene Frau zu sehen und fand sie fast steif vor Aufgerichtetsein, sie war so gerne bereit gewesen, gerührt und gefühlvoll zu werden vor dem beredten Schmerze und sah nun etwas, was man im besten Fall stumme Trauer nennen durfte, und welchem gegenüber sie eine starke, unbehagliche Verlegenheit empfand. Dazu kam noch die Neugierde, aus dieser treuesten Quelle zu entnehmen, wie viel an dem, »was man sich so erzählt,« Wahrheit sei. Der Oberst hatte vom Stammtisch im »Hecht«, wo man gerne kannegießerte, ganz eigentümliche Gerüchte heimgebracht, Geschichten, in denen alle politischen Schlagworte der letzten Zeit vorkamen und zwar in solchem Sinne, daß es dem Herrn von Meering und seiner Gemahlin mit einemmale bedenklich erschien, Mitglieder einer so anrüchigen tschechischen Familie in ihrem Hause zu sehen und ein ernstlicher Familienrat abgehalten wurde, in welchem Für und Wider gerechtermaßen abgewogen, keine eigentliche Entscheidung ergab. Der Tod des jungen auf Abwege geratenen Menschen stimmte den alten Militär etwas nachsichtiger, und den Ausschlag gab endlich die kluge Überlegung, daß ja zunächst nur die an und für sich anständige Mutter, Witwe eines fürstlichen Försters, im Hause Meering von Meerhelm Zutritt hätte und daß obbesagte tüchtige Wittib nur mit der Putzwäsche in nähere Berührung träte, welche ihrerseits wieder, dadurch daß sie aus Rumburg stammte, gegen Tschechisierung und durch die fünfzackige Adelskrone derer von Meerhelm (seit zehn Jahren) auch vor allen demokratischen Einflüssen gesichert war. So kam es, daß Frau Josephine eine ganz freundliche Aufnahme gefunden hatte und daß man es für selbstverständlich hielt, daß die alten Wäschemontage fortab wieder eingehalten würden. Frau von Meering gab die stille Zuversicht nicht auf, bei einem der künftigenmale näheres zu erfahren; daß dies nicht schon beim ersten Wiedersehen sich gefügt hatte, empfand sie als Kränkung und konnte denn auch nicht umhin, der Witwe im allerunschuldigsten Tone ihre tiefe Teilnahme an dem Unglück, »welches durch seine besonderen Umstände noch so viel schmerzlicher sei,« – zu versichern. Diese Zwischenbemerkung, welche sie als Eingeweihte und Wissende erscheinen ließ, imponierte ihr sehr und sie hielt dieselbe für einen feinen Angriff gegen die »undankbare Verschlossenheit dieser Leute«.

Frau Wanka aber hatte gar nichts, weder von der Enttäuschung der Oberstin, noch von dem Hieb bemerkt, in welchem diese sich rächte; sie mußte in diesen Tagen so manches mit sich überlegen, und die Folgen ihrer Versonnenheit traten jetzt Schlag um Schlag in rascher Reihe ins Leben. Da war zunächst in einer böhmischen und in einer deutschen Tageszeitung je ein kleines Inserat erschienen, welches einem anständigen, jungen Mann ein stilles, gutmöbliertes Zimmer in ruhiger Gegend versprach, und wer den Spuren dieser Verheißung nachgegangen wäre, hätte sich unversehens auf der Kleinseite gefunden, hätte die Höckin unter den Steinlauben nach »Nummer 87 neu« gefragt und die breite, ausführliche Antwort erhalten, daß dies drei Treppen hoch bei Wankas sei und daß Wankas jetzt an Herren abmieten wollten, wahrscheinlich weil sie gar so unglaublich viel Unglück gehabt hätten. Es kommt nun darauf an, ob der junge, anständige Mann mehr jung oder mehr anständig ist, um hier im lauschigen Plauderdunkel der Steinlauben mehr oder wenig von dem Schicksal der Förstersfamilie zu vernehmen. Es ist ungewiß, inwieweit Ernst Land unterrichtet war, als er an einem Novembertag auf der bekannten Wendeltreppe von »87 neu« zweimal in Gefahr kam, Hals und Beine zu brechen, und nachdem unterschiedliche Thüren vor seiner deutschen Frage entrüstet ins Schloß gefallen waren, endlich vor der alten Rosalka stand, welche ihn mit großem Mißtrauen betrachtete. Er gefiel ihr nicht, das wußte sie im Augenblick. Er war ihr »zu deutsch«. Das empfand sie dann und wann einem Menschen gegenüber, obwohl sie nicht wußte, was diesen Eindruck hervorrief, kaum, ob es ein Zuviel oder ein Mangel war. Sie starrte in die Gläser seines angelaufenen Kneifers, konnte die Augen dahinter nicht finden und ließ sich die deutsche Frage zweimal wiederholen, obwohl sie dieselbe verstanden hatte. Es versöhnte sie erst ein wenig, als der junge Herr in einem sehr seltsamen Böhmisch unter großen Anstrengungen die Geschichte eines Zimmers erzählte, welches irgendwo zu vermieten sein sollte. Seit fünf Tagen wiederholte Land diese Behauptung vor allen Thüren und war ganz satt und matt von den Speisedünsten und Verwünschungen, welche er dafür mitbekommen hatte. Da Frau Wanka, mit welcher er sich deutsch verständigen konnte, keine unverhältnismäßigen Ansprüche machte, und das Hinterzimmer ihm ruhig und erträglich schien, beschloß er zu bleiben. »Lärm mache ich keinen,« sagte er mit seiner etwas ängstlichen Stimme am Ende ihrer Unterredung, »und gestört werden Sie durch mich nicht sein. Unter Tags bin ich ja viel im Geschäft und abends, – Gott, da liest man ein wenig und . . .« »Bitte, bitte,« erwiderte Frau Wanka auch etwas verlegen. Und in der Thüre wandte sie sich etwas zurück: »Verzeihen Sie, Herr, vielleicht darf ich fragen, was Sie sind?« Pause. – »Apotheker,« sagte der junge Mensch traurig und sah dabei in die Mauern der Maltheserkirche hinein. –

Sie störten einander wirklich nicht, Wankas und der junge Provisor. Sie sahen einander kaum. Luisa vermied es, ihm zu begegnen; es schmerzte sie zu sehr, einen fremden Menschen in das Zimmer des Zdenko eintreten zu sehen, und sie konnte nicht fassen, wie die Mutter das hatte über sich bringen können. Sie verstand die Mutter überhaupt nicht mehr, seit sie ihr eines Abends eine lange Rede gehalten hatte, drin viel von dem ewigen Nichtsthun, mehr noch von Pflicht und Arbeit handelte. Und als sich Luisa zage bereit gefunden hatte, in die Häuser zu gehen oder für ein Geschäft zu arbeiten, geschah etwas sehr Erstaunliches. »Du mußt höher hinauf, das ist nichts für dich,« so etwan war die Erwiderung der Witwe, »ich hätte gleich von vornherein daran denken sollen. Wozu hast du denn in Krummau Klavierstunden genommen; da kamst du doch ziemlich weit. Und im Französischen. Wenn du es nach unserem Umzug nach Prag nicht vernachlässigt hättest, könntest du heute schon Stunden geben.«

Luisa lauschte: »Stunden geben?«

»Freilich. Erst neulich sagte mir die Frau Oberstin, sie wüßte eine schöne Stelle für dich, wenn du nur ein bißchen mit Kindern umzugehen verständest und die Anfangsgründe im Französischen . . .« Das weitere vernahm Luisa gar nicht, es war ihr zu neu und fremd, was die Mutter erzählte. Aber abends oft, wenn die Mutter mit Rosalka in der Küche abrechnete, und Luisa, schon halb entkleidet, am Rande ihres Bettes saß und sich so recht müde und klein fühlte, faltete sie die Hände und sprach ihr erstes Kindergebet und glaubte seinen lieben, verblaßten Worten, daß sie wirklich noch ein Kind, ein kleines, blondes Kind sei, und sie sehnte etwas über sich wie einen treuen, traulichen Schutz und träumte dann von Engeln mit breiten, goldenen Flügeln.

Aber trotz alledem war es wirklich nach dem Willen der Mutter geschehen. Luisa nahm Unterricht in Musik und im Französischen, täglich mehrere Stunden, und ihre Lehrerinnen versicherten, daß sie gute Fortschritte mache. Sie selbst wußte nichts davon. Sie begriff allmählich, daß sie einmal andere prächtige und märchenhafte Dinge besessen hätte – es war lange her – und, daß der Ersatz, den man ihr nun gab, arm und kalt und ohne alle Schönheit war. Und sie lebte einen Winter in stumpfer, williger Ergebenheit hin, ohne daß irgend etwas sich veränderte, als daß sie blasser, kleiner und leiser wurde. Ihr Schritt war kaum mehr zu vernehmen, und wie oft erschrak eines von den Nachbarskindern, wenn sie, ohne daß die Treppe geknarrt hatte, mitten im Gange stand, und es lief meist schreiend davon, wenn das Mädchen die bleichen Hände ihm mit zaghafter Zärtlichkeit entgegenhielt. – So schienen es äußerlich ganz ruhige Zeiten zu sein, in welchen jeder seine Pflicht that ohne Erregung oder Störung und doch bestand ein stiller und unerbittlicher Kampf zwischen der tüchtigen, thätigen Witwe, die mit jedem Tag rüstiger wurde, und dem duldenden Mädchen, welches vor Erstaunen noch nicht wußte, wie ihm geschah und gegen die rücksichtslose Entschlossenheit der Mutter keine andere Waffe fand, als dieses unmerkliche, stumme Verwelken, das seinem Gesichtchen eine so rührende, wehmütige Schönheit verlieh.

Vielleicht sah Ernst Land diese Schönheit, aber er erkannte sie nicht. Er fürchtete sich vor den Frauen und doch dachte er manchen Abend an sie, an irgend ein unbestimmtes Bild von Anmut und Güte, welches bald die hütenden Hände über ihm hielt, bald bang und zaghaft von seinem Schutz und seiner Hilfe lebte. Er war in engen Verhältnissen mitten in der Stadt herangewachsen, ohne Geschwister, ohne Freunde, förmlich großgehetzt von seinem alten, verbitterten Vater, der nicht erwarten konnte, bis der Sohn zu verdienen begann. Er riß ihn endlich aus den Studien, gerade als der Jüngling Gefallen gefunden hatte an der Wissenschaft, und hielt seine Pflicht für erfüllt von dem Augenblicke an, da Ernst in einer Apotheke untergebracht und versorgt war. Nun konnte er machen, was er wollte. »Nun steht dir die Welt offen,« pflegte der alte Land mit dem letzten Pathos, dessen er fähig war, zu erklären. Der junge Mann aber schien keine Sehnsucht zu haben nach dieser »offenen Welt«. Seine Gedanken pilgerten nicht hinaus in das Neue und Unbestimmte, wenn er sie nicht beobachtete, kehrten sie auf tausend heimlichen Pfaden zu der einzigen, erloschenen Schönheit seiner Kindheit zurück und knieten hin vor einer kleinen, traurigen Frau, von der er nichts wußte, als daß sie weiche, slavische Lieder sang und zur Zeit, da er begann in die Schule zu gehen, im dunklen Hinterzimmer auf dem Bette lag und, ohne jemandem davon zu sagen, ganz langsam und lautlos, vielleicht ein Jahr lang, starb. Damals fürchtete er sich fast vor ihr, aber als sie so früh fortgegangen war, vermißte er sie überall und gewöhnte sich, alles Gute, was ihm geschah, immer wieder ihrer zarten Liebe zuzuschreiben, von welcher er glaubte, daß sie über seinen Tagen wach geblieben sei. Es geht früh verwaisten Kindern so: Alle Freuden, die ihre Gespielen sorglos und selig untereinander teilen, wollen sie nicht antasten und winden sie in stiller Treue immer wieder um das eine dunkle Bild ihrer Sehnsucht, das in diesem Rahmen rührender Opfer mählich klarer, glücklicher, teilnehmender scheint. Und weil sie arm bleiben, bleiben sie einsam und weil sie ihre Freuden nicht verraten, gewinnen sie keine Genossen dafür. Überhaupt: wem die Mutter nicht den Weg in die Welt gezeigt hat, der sucht und sucht und kann keine Thüre finden.

Erst seit der Provisor bei Wankas wohnte, konnte es geschehen, daß er manchmal das Gefühl hatte, zu Hause zu sein. Er war gerne in seinem Stübchen und brachte die freien Sonntage damit zu, vor dem großen Schreibtische, in den schweren Rauchwolken seiner Pfeife verloren, in alten Büchern zu lesen, über deren vergilbten Blättern er Heut und Morgen vergaß. Was Wunder, daß er ein leises Pochen an seiner Thüre überhörte und erst erschreckt auffuhr, als Luisa eintrat und hinter dem dichten Tabaksqualm zag und unschlüssig stehen blieb. Sie war wie ein Traum in ihrem verblaßten, schmucklosen, blauen Kleid, mit den großen, schweigsamen Augen, und weil sie Blumen in der Hand trug, drei kleine, weiße Rosen, die sich scheu an sie anzuschmiegen schienen.

»Oh bitte, entschuldigen Sie,« sagte sie jetzt deutsch mit ein wenig slavischem Tonfall, »ich habe gedacht, Sie sind schon fort zum Essen . . . Ich will nur . . .« und jetzt ging sie an ihm vorbei und steckte die drei weißen Rosen hinter ein kleines Brustbild Zdenkos, welches an der Fensterwand hing. Land hatte es oft betrachtet. Er sah jetzt, wie ihre Hände zitterten vor schmerzlicher Zärtlichkeit und, ganz in Anspruch genommen von diesem Schauen, war er nicht imstande, etwas zu sagen oder zu thun oder zu denken. Er hörte noch das Mädchen: »Sein erster Geburtstag, den er nicht mehr bei uns ist,« – und dann war alles wie vordem, er stand allein in dem sonntagstillen Stübchen, und hätte nun wohl weiterlesen können. Allein das gelang ihm nicht. Er mußte immer wieder nach der Thüre hinsehen, als ob er irgendwen erwartete, und endlich begann der Rauch ihn zu ärgern und er öffnete das Fenster, so daß die Luft des klaren Februartages frisch und licht hereinfloß. Da war ihm einen Augenblick sehr festlich zu Mute und er dachte: »ich habe hohe Gäste bekommen: drei weiße Rosen« und lächelte wie im Traum.

Im September kommen viele aus den Waldsommern und von der See in die Stadt zurück. Sie sind des Gehens in den Gassen nicht mehr gewohnt und halten plötzlich, ehe sie sich dessen versehen, ihren Hut in der Hand wie im Walde, oder sie singen ganz laut vor sich hin. Das macht: die Erinnerungen schlafen noch nicht in ihnen. Und wenn sie einander begegnen, sind sie redselig und mitteilsam. Sie fühlen wie aus dem Erzählen etwas, wie der Glanz der letzten lauschenden Tage aufsteigt und sich tröstend über die schwülen Straßen und Plätze breitet. Und vielleicht sagen sich die beiden beim Abschiednehmen: »Sie sehen sehr gut aus« – und »wie Sie sich verändert haben.« Und sie lächeln sich einen Augenblick verlegen und dankbar an.

So war auch Luisa zurückgekehrt. Seit dem frühen Frühling war sie fortgewesen: Es giebt da ein heißes, heimliches Land. Glühende Blumen sehen sich in schwarze Teiche, über denen Vögel und Wolken rauschen. Weiße Wege drängen sich zwischen die Stämme hoher und dunkler Bäume, und finden in diesen Wäldern ein lautloses, wogendes Leben. Gestalten kommen in unbegreiflichen Gewanden, und es können Menschen sein mit traurigen Mienen oder mit kühlen, lächelnden Lippen. Erst geschieht dir, du hättest von ihnen sagen hören und du mußt sinnen, wann und was. Aber sie küssen dich und da erkennst du Freunde in ihnen, welche du geliebt und vergessen hast. Und du willst sie reuig wieder küssen. Vor deinem Gruße aber entfremden ihre Züge, und sie weichen zurück in den weiten, wogenden Wald, oder sie fallen dich an mit grausamen, blutenden Worten und wollen, du sollst ihnen dein Herz schenken dafür. Und es ist ein Land der Jugend: Kinder und Jünglinge, Jungfrauen und junge Mütter mit ihrem wehen Glück tanzen und tasten die leuchtenden Gelände hin und ihre Wangen sind heiß von einer fremden Freude. Aber sie sehen einander nicht; denn in ihren Augen hat nichts Raum neben dem Staunen. Wenn sie die anderen Pilger klagen oder lachen hören, lauschen sie hin und glauben, daß das die Vögel sind oder die Wipfel oder die Winde. Sie haben alle e i n Ziel: den Flammenberg, mitten im Lande. Und von dort findet manch einer nicht mehr heim.

Luisa aber kam aus dem Lande, welches Fieber heißt, langsam und lächelnd durch die Gärten der Genesung zurück. Zögernd erkannte sie sich selbstund die Mutter, welche ihr weinend die Hände küßte, und die Stube, die wie geschmückt war mit dem goldenen, vollen Septemberlicht. Es war eine festliche Wiederkehr.

Und was waren das für Tage seit dem ersten Ausgehen. Dieses fortwährende Wiedersehen und Begrüßen mit allen Dingen und mit allen Leuten. Und die Menschen lächelten, und die Dinge glänzten so. Sie ging wie an lauter schimmernden Spiegeln hin, welche ihr verraten wollten, wie breit und groß sie geworden sei. Sie wußte das auch. Sie fühlte sich stark und ausgeruht. Ohne davon zu erzählen, begann sie ihre Stunden zu besuchen. Sie hatte nichts vergessen, und noch vor Weihnachten konnte sie selbst einem kleinen Mädchen Klavierunterricht geben. Die Kleine hatte einen großen Respekt vor ihrer Lehrerin, und doch waren ihre Rollen in Wirklichkeit umgekehrt. Die Liebe dieses kleinen Wesens und seine Anhänglichkeit riefen täglich in Luisa eine Menge neuer freudiger Empfindungen wach, und in ihr war ein Hinhorchen, welchem des Kindes Fragen wie schöne, segnende Antworten klangen. Und ihr geschah mit einemmale so Vieles in diesen heitern und ereignislosen Tagen, daß sie nicht Zeit fand, über das Gestern hinauszublicken; was dahinter war, schien eine einzige, große Vergangenheit und Versöhnung zu sein, aus welcher kein Schatten mehr in dieses neue, reiche Leben hineinragte.

Am Weihnachtstage trat Luisa bei dem Provisor ein.

»Ich wollte Sie nur bitten, Herr Land, kommen Sie doch heute abend zu uns, wenn Sie sonst nichts vorhaben.«

Ernst Land lächelte dankbar. Dann folgte er dem Blicke des Mädchens und wurde verlegen. Über Zdenkos kleinem Brustbild waren drei frische, weiße Rosen.

Luisa streckte ihm beide Hände hin: »Das haben Sie gethan?«

»Immer . . .« und Land ärgerte sich über sein Rotwerden und versprach schnell, zu kommen.

In der Thür blieb das Mädchen nochmals stehen: »Sie sind immer so traurig, Herr Land.«

Land schwieg.

»Woran denken Sie?« und der Blick, mit welchem sie das fragte, ergriff ihn so, daß er mit einem Weinen in der Stimme gestand:

»An meine Mutter.«

Am Weihnachtsabend war über diese Menschen eine seltsame feierliche Stimmung gekommen. Und sie wollte auch nachher nicht mehr aus den Stuben. Sie blieb, wie der leise Tannenduft, über allen Dingen, selbst als Frau Josephine, von einer jähen Schwäche befallen, die langen Tage im Bette zubrachte. Luisa nahm ihr leise alle die kleinen häuslichen Mühen aus den Händen, eine nach der anderen, so daß sie endlich nichts kannte, als diesen lautlosen, dämmernden Feiertag hinter halbgesenkten Gardinen mit dem Ofensingen und dem silbernen Uhrenschlagen. Und am Abend gab es sanfte und schweigsame Gespräche zwischen den beiden Frauen, und es kam kein Gestern darin vor; nur im Klange der Stimmen bebte es noch: in der der Mutter als eine leise, zaghafte Bitte und in den Worten des Mädchens als ein lichtes, tröstendes Verzeihen. Und dieses war auch noch in dem tiefen Weinen wach, mit welchem Luisa sich eines Morgens über die Mutter beugte, die ohne Kampf und Schmerz in einem versöhnten Frieden von ihr gegangen war.

Schon eine Woche später nahm Luisa ihre Stunden wieder auf. Ihre Tage waren alle randvoll von der Menge freudiger Pflichten, und wenn auch die Nächte leer und bange über sie hereinbrachen, sie fühlte, daß ihr auch aus dem Dunkel des Leides keine feindlichen Gefahren mehr entgegenkamen. In jener Stille ihrer Genesung hatte sie sich zum erstenmal selbst gefunden und hatte sich so reich und weit erkannt, daß ihr Heiligstes durch diesen Verlust nicht einsamer geworden war. Der Gram lag nur wie in eine feine Begrenzung auf ihrem Lächeln und auf ihrem Bewegen und konnte nicht mehr das Erwachen ihres Wesens hemmen.

Im Februar dieses Jahres war noch viel Winter gewesen; allein im März gab es einen Feiertag – es war das Josephifest – der alle Welt toll machte. Nicht nur daß der Schnee nur da und dort noch an Hügeln und Bahndämmen, vergessen und verachtet, lag, – ein Grünen war über die befreiten Wiesen gekommen, und über Nacht wiegten sich in dem lauen, lichterjagenden Wind gelbe Kätzchen an den langen, kahlen Ruten.

Da war Luisa ausgegangen, um in der Kirche von Loretto bei dem großen Mittagshochamt zu beten. Aber sie war dann – kaum konnte sie sagen wie, an dem lockenden Glockenspiel der Kapuziner vorübergewandert und hatte erst aufgesehen, als sie hinter dem Baumgarten in einer der weiten einsamen Alleen stand und die Arme ausbreitete. Sie empfand, wie sehr sie alles um sich liebte, wie sehr das alles zu ihr gehörte, und daß dieses leise, freudige Werden mit seinem heimlichen Glück und seiner süßen Sehnsucht ihr Schicksal sei, nicht aber das, was Menschen in dunklem Drange wollten und irrten.

Auf dem Heimwege kamen ihr die lichten Schwärme fröhlicher Menschen entgegen, und da blieb sie lächelnd stehen und schaute über die helle, lebende Landschaft: Man konnte nicht glauben, daß alle diese lachenden Scharen wieder Raum finden würden in den engen Häusern drüben. Das macht: jeder von ihnen ist über sich selbst hinausgewachsen in den schimmernden Tag, den er kaum auf den Schultern spürt. Und der leuchtende Himmel wirft seinen goldenen Glanz so reich und rasch über die Menschen und Dinge, daß sie vergessen, ihre alltäglichen Schatten zu haben und selber Licht sind in dem flimmernden Land. –

Bei diesem Bild mußte Luisa, sie wußte nicht warum, an Zdenko denken, und ob es ihm einmal geschehen sei in seinem dunklen Leben, daß Menschen so, licht und glücklich ihm entgegenkamen.

Dann wandte sie sich heimwärts. Die Schatten der Menschen lagen grau in den kalten, verlassenen Gassen aufgeschichtet wie vergessene Alltagskleider, und ein dumpfer Wintergeruch schien von ihnen auszugehen. Luisa fröstelte und auf den ersten tückischen Vorschlag der schiefen Bürgersteige, zu laufen, ging sie lustig ein und trabte nun recht kindisch bergab an den uralten Palästen vorbei, deren mürrische Thorriesen zürnend auf sie niedersahen. Vor denen aber hatte sie keine Furcht mehr.

In der Thür stand Rosalka und erzählte mit vielen Gesten den Nachbarinnen, welche sie umdrängten, eine wichtige Neuigkeit, an welcher die Frauen eifrig nickend Anteil nahmen. Sobald eine von ihnen Luisa erblickt hatte, begannen sie alle in ungeduldigem Ungestüm zu winken und zu rufen. Einige Kinder schrieen mit, und Luisa begriff von allem endlich nur das Wort: Besuch. Das genügte für ihr größtes Erstaunen. Während sie die finstere Stiege hinaufjagte, gab es in ihren Gedanken nur ein einziges, riesiges »Wer?«. Mit dieser Neugierde in den Augen sprang sie in die Stube, wo Frau von Meering mit unverhehlter Gekränktheit, steif und stramm, auf dem Sofa wartete. Aber das größere Erstaunen war doch auf der Seite der Oberstin, welche eben erst ihr Beileid für den letzten Unglücksfall mitgebracht hatte und außer stande war, diesem strahlenden, atemlosen Kind eines von ihren schönen, gnädigen Trauerworten zu zeigen. Sie fühlte eine mächtige, gerechte Entrüstung dieser lachenden Gesundheit gegenüber und kam sich ebenso überflüssig vor wie bei jenem früheren Fall. »Diese Leute,« dachte sie, »das muß in der Familie liegen.«

Inzwischen hatte Luisa sich zu einigen Entschuldigungen erholt und fragte die Dame artig nach dem Grunde ihres Besuches. Frau von Meering drückte hastig ihr Taschentuch vor das Gesicht und schluchzte aus einer Falte heraus: »Ihre arme, arme Mutter.«

Als auf diese ergreifende Bemerkung keine Antwort kam, sah die Oberstin auf und betonte mit strengen Augen: »Sie war eine sehr achtbare, brave Frau.«

Luisa saß mit gesenktem Blicke da und betrachtete – so schien es – die Spitze ihres zierlichen Fußes. Die Dame wartete noch eine Weile, und da Luisa immer noch nicht zu weinen begann, erkannte sie, daß diesem verstockten Mädchen gegenüber doch alle Milde und Anteilnahme erfolglos sein würde. Und indem sie gleichsam in ihrer Miene schon anfing, sich zu erheben, fügte sie in bitterem Tone hinzu:

»Ich wollte Ihnen nur das Eine sagen, mein Kind. Sie haben doch wohl schon die Veränderungen überlegt, welche seit dem Tode ihrer braven Mutter nötig geworden sind?«

»Ich weiß nicht« – zögerte Luisa verlegen.

»Es versteht sich doch von selbst, daß Sie diesem jungen Mann augenblicklich kündigen müssen, der, wie ich mit Erstaunen vernehme, immer noch bei Ihnen wohnt.«

»Aber –« machte Luisa mit großen, erstaunten Augen. Dann zuckte ein Lächeln über ihr Gesicht, welches fast schelmisch war.

Frau von Meering stand schon an der Thür.

»Ich habe es für meine Pflicht gehalten, Sie darauf aufmerksam zu machen. Sie können ja thun, wie es Ihnen beliebt.«

»Ja, gnädige Frau,« erwiderte Luisa in plötzlichem Übermut und stellte sich auf die Fußspitzen, um die Oberstin, welche immer größer zu werden schien, zu erreichen. Dann fragte sie lächelnd: »Wollen Sie nicht noch einen Augenblick ausruhen, gnädige Frau?«

Die Dame aber entfloh aus diesem gräßlichen Hause. Sie war schon in der Küche, wo sich ihr die alte Magd Rosalka ungestüm entgegenwarf, um ihr dann ganz behutsam den Ärmel der Seidenmantille in der Nähe des Ellbogens zu küssen. Die Beleidigte entriß sich mit einem knappen »Adieu« der sklavischen Verehrung und fand in dem Gaffen der Hausgenossen auf Stiegen und Gängen und in ihrer tuschelnden Bewunderung nur ein kleines Entgelt für diese »erlittene Mißhandlung.«

Luisa blieb eine Weile nachdenklich stehen. Rosalka war nach vorn ans Fenster gelaufen, um noch etwas von der vornehmen Dame zu sehen, welche, wie sie betonte, »bei uns« zu Besuch war.

Als sie wieder zurückkam, hatte sie sehr neugierige Augen.

Luisa bemerkte es nicht. Sie sagte während des Auf- und Niederschreitens: »Ich glaube, wir bleiben in dieser Wohnung. Und darüber hab' ich ganz vergessen, mit Ihnen zu sprechen, Rosalka. Sie sind also jetzt bei mir im Dienst und unter den alten Bedingungen. Sie wollen doch?«

Die Alte verschwor ihre zeitliche und ewige Glückseligkeit dafür, und dabei passierte es, daß sie unter Thränen mit einemmal, statt wie von Kindheit her: Loisinka, »Fräulein« zu ihrer Herrin gesagt hatte.

Dann pochte Luisa an Lands Thüre.

Er kam ihr lächelnd entgegen. »Sie Maulwurf,« rief sie ihn scherzend an, »immer in der Stube. Heute müssen Sie mal hinaus aus der Stadt. Frühling! Ich war draußen weit, weit« und sie machte eine Bewegung, als wollte sie ihm zeigen, wo der Frühling liegt. Ihre Augen glänzten so verheißend. Dann fuhr sie fort in wichtigem, geschäftlichem Ton: »Ich will Sie nicht stören, Herr Land. Nur das wollte ich Ihnen mitteilen. Ich behalte die Wohnung; es bleibt also alles beim alten, d. h. wenn Sie mit dem Zimmer sonst zufrieden sind?«

Er suchte ihre Augen und sah dann rasch zu Boden: »Oh,« sagte er weich, »ich bin sehr gerne hier, ich glaube . . .« Er begann die Handflächen aneinander zu reiben . . .

Luisa hatte die Klinke in der Hand behalten: »Das ist schön,« half sie ihm und wurde auch etwas ratlos.

Er sah aus, als hätte er etwas auf dem Herzen.

Die beiden jungen Menschen schwiegen.

Dann begann das Mädchen: »Ich möchte so gern etwas besser deutsch lernen, vielleicht können Sie ein wenig böhmisch brauchen dafür.«

»Ja« atmete Land auf, »ich liebe Ihre Sprache.«

»Also,« bat Luisa heiter, »dann kommen Sie doch, wenn Sie Zeit haben, eine Weile nach vorn. Es giebt ein paar Bücher da, auch deutsche.«

Und in der Thüre fügte sie an: »Kommen Sie so oft Sie wollen,« und leiser: »Sie müssen mir viel von Ihrer Mutter erzählen.«